아내의 향기

아내의 향기

초판 1쇄 인쇄 2023년 9월 5일
초판 1쇄 발행 2023년 9월 7일

저   자 김영근
발행인 박지연
발행처 도서출판 도화
등   록 2013년 11월 19일 제2013-000124호
주   소 서울시 송파구 중대로34길 9-3
전   화 02) 3012-1030
팩   스 02) 3012-1031
전자우편 dohwa1030@daum.net
인   쇄 유진보라

ISBN 979-11-92828-24-4 *03810
정가 13,000원

도화道化, fool는

고정적인 질서에 대한 익살맞은 비판자,
고정화된 사고의 틀을 해체한다는 뜻입니다.

아내의 향기

김영근 소설

도화

나이가 들면 시간이 빨리 간다고 합니다. 그러나 코로나19라는 프리즘을 통과한 시간은 끝을 알 수 없는 어두운 터널 속에 갇힌 것 같았습니다.

종로 삼가의 대로변에는 화려한 조명이 켜진 귀금속 가게들이 즐비합니다. 화려한 상가의 뒤편 좁은 뒷골목에는 옹기종기 쪽방들이 있습니다. 하루 종일 해도 들어오지 않는 그곳의 좁은 방에서 노인들은 지루하게 시간을 보냅니다. 공원과 급식소가 문을 닫아 그들이 갈 곳은 없습니다. 마스크를 쓰고 거리의 화단에 앉아 자원봉사자의 행복도시락 배달을 한없이 기다리는 노인의 시간은 멈춘 것 같았습니다.

시작이 있으면 끝이 있습니다. 삼 년 동안 암울했던 코로나의 터널을 이제 빠져나왔습니다. 다시 맞이하는 햇빛은 더욱 밝게 보입니다. 힘들었던 노인들의 삶에도 따스한 햇살이 비추길 기대합니다.

2023년 8월
김 영 근

차례

황금나비

쾅, 미닫이 닫히는 소리가 크게 들렸다. 이어서 누군가 쿵쿵 2층 계단을 내려오는 발소리가 나고, 곧바로 저벅저벅 소리를 내며 방 앞을 요란하게 지나갔다. 계단 옆의 방이라 새벽에 일 나가는 사람들의 소리에 잠에서 깼다. 평일 새벽이면 이렇게 무료한 하루가 시작된다. 눈을 뜨자 서늘한 냉기와 퀴퀴한 곰팡이 냄새가 스멀스멀 얼굴로 내려앉았다. 손을 뻗으면 닿을 것 같은 벽 때문에, 이번 생은 여기서 끝이라는 생각 때문에, 나는 관 속에 누워 있는 것 같았다.

얇은 벽을 통해 옆방에서 부스럭거리는 소리가 들렸다. 안 씨의 허리가 좀 나았나? 허리를 삐끗했다고 며칠 누워있더니 어제는 연장을 챙겨 방문 앞에 내어놓았다. 새벽인력시장에 나가려는지 미닫이 여닫는 소리가 들렸다. 자고 나면 허리가 괜찮아야 할 텐데,

하고 걱정하던 그의 주름진 얼굴이 떠올랐다. 담배를 권하자 평소에는 끊었다고 사양하던 그가 어제는 담배를 받아 피웠다. 연기를 길게 내뿜는 그의 눈가엔 걱정이 가득해 보이고, 구부정한 허리가 더욱 굽어 보였다.

아들이 셋이라고 했는데 혼자 사는 아버지를 도와주는 자식은 없는 것 같았다. 일흔 나이에 막일을 하며 생활하는 그가 자신이 쓰기에도 빠듯할 터인데, 간조를 받은 날에는 손주들에게 용돈을 보내기도 했다. 나는 자식이 없어 명절에는 쓸쓸하지만, 재산이 없는 독거노인이라고 매월 정부에서 돈이 나온다. 풍족하지는 않지만 그 돈으로 숙식을 해결했다. 이 동네에는 나 같은 기초생활수급자가 많았다.

소동이 지나가자 집안은 다시 조용해졌다. 하루 종일 햇빛도 들어오지 않는 작은 창으로 멀리서 자동차의 경적소리가 방안으로 스며들었다. 초저녁부터 잠을 잤는데 몸이 개운하지 않고 찌뿌드드했다. 옆방에 가서 TV나 볼까? 안 씨는 자기가 없을 때도 들어가서 TV를 보라고 하지만 새벽부터 가기가 계면쩍었다. 급식소도 열한 시가 되어야 여니 지금 일어나도 할 일이 없었다. 이불을 다시 뒤집어쓰고 눈을 감았다. 다리를 뻗으니 바닥이 냉랭해서 나무 속의 매미 유충처럼 몸을 웅크렸다.

잠들지 못하고 뒤척이다가, 문득 정수가 일을 해달라던 부탁이 생각났다. 나이가 드니 어제 받은 전화도 깜빡하고 잊고 있었다.

몇 시지? 늦지 않았나? 머리맡의 사발시계를 끌어당겼다. 야광 바늘은 여섯 시 이십사 분을 가리켰다. 지금 일어나면 시장에 들러 국밥을 한 그릇 먹고 가도 충분한 시간이었다. 김이 무럭무럭 나는 국밥 생각에 침이 고이고, 나른했던 몸에 생기가 돌았다. 집에는 찬물밖에 안 나오니 지하철역 화장실로 가야지. 며칠 전부터 그곳에 더운물이 나온다고 고 씨가 알려주었다. 두 손을 머리에 올려 기지개를 켜고 몸을 일으켰다.

싸늘한 바람이 좁은 골목길로 밀려들었다. 노란 은행잎이 바닥에 구르고 거미줄같이 낮게 깔린 전선도 출렁거렸다. 겨울이 성큼 다가오고 있었다. 이곳에서 여름의 더위도 견디기 힘들지만 겨울의 추위는 아주 잔인했다. 한두 차례 뼛속까지 쩽한 추위를 겪기 전에는 겨울의 끝을 볼 수 없었다. 사방에 뽁뽁이를 붙여도 겨우내 방에서 두꺼운 잠바를 입고 지내야 한다. 작년에 입은 잠바의 손목 부분이 헤져서 금년엔 오리털 잠바를 하나 사야 할 텐데. 얼마나 하려나? 일요일에는 동묘 구제시장에 가서 찾아봐야지. 일당을 받으면, 텔레비전도 장만 해야지. 몇 개월째 이곳저곳 눈동냥 다니는 것도 조금 민망했다. 황학동에서 본 작은 텔레비전이 내방에 적당했다.
낮은 지붕 사이로 하늘이 희붐하게 열렸다. 골목 끝으로 보이는 큰길에 새로 지은 높은 빌딩이 하늘을 가리고 서 있었다. 여기에 오면 나는 시간의 터널을 지나는 기분이 들었다. 나지막한 집들이 벌집같이 다닥다닥한 쪽방촌과 높은 현대식 건물이 즐비한 번화가는 좁은 골목길로 연결되어 있었다. 이 골목을 나서면 수십 년의 시간이 순식간에 흘러 나는 초라한 노인으로 변하는 것 같았다.

큰길에 다다르자 이층에 사는 고 씨가 골목으로 들어왔다. 나는 흠칫 걸음을 멈췄다. 간혹 새벽에 정장차림인 그가 집으로 들어오는 것을 본 적이 있었는데 오늘은 검은 작업복 차림이었다. 작고 하얀 얼굴과 호리호리한 몸매 때문에 안 씨는 그가 순한 토끼 같다고 말했다. 그러나 나는 토끼보다는 담비 같다는 생각이 들었다. 내가 화장지를 사오면, 그는 어떻게 알고 찾아와서 한두 개를 빌려 갔다. 빌려 가면 그것으로 끝이었다. 그의 그런 행동보다는 작고 날카로운 눈매 때문에 나에겐 그렇게 보였다. 담비는 순하고 귀여워 보여도 자기보다 더 큰 동물도 잡아먹는다. 그래서 그와 단둘이 마주치는 것이 거북스러웠다.

─아니, 이렇게 일찍 어디를 갔다 와?

나는 속마음을 감추고 억지웃음을 지으며 물었다.

─노가다(막일)나 할까 나갔는데, 서너 명만 데려가고 파장 났어.

나이가 나보다 열 살 정도 어린데, 아무한테나 반말지거리다. 작은 덩치의 그를 내가 책임자라도 뽑아가지 않을 것이다. 잡부일은 반반한 얼굴로 하는 것이 아니니까.

—무슨 바람이 불어서?

—추수가 끝나 수매를 마쳤을 텐데, 돈이 안 오네.

그는 시골에 쌀농사가 많다고 여기저기 자랑했다. 사업 때문에 농사는 영농조합에 맡겼단다. 수매가 되어서 돈이 오면, 한잔 크게 사겠다고 말하며 늘 공술을 먹었다. 서울에서 가상화폐 채굴사업을 추진한다고 하지만 그게 무슨 사업인지 아는 사람은 아무도 없었다.

고 씨는 담배를 달라고 손가락으로 담배 피는 시늉을 했다. 그에게 담배 한 대를 건네주고, 나도 한 대 물었다. 불을 붙여 빨자, 입안이 까칠까칠하여 담배연기가 텁텁했다.

—안 씨는?

—그 형님은 미장기술이 있으니 제일 먼저 뽑혔지.

어제 안 씨는 근심이 가득한 얼굴표정이었는데, 그가 일을 나가게 되어 다행이었다.

—그런데, 이렇게 일찍 어디 가?

—전에 일하던 곳에.

—금 가공하는 곳이라며, 거기서 골드바도 만들어?

—그런 건 큰 회사에서 만들고, 내가 있던 회사는 돌 반지 같은 거나 만들어.

—구경 가면 안 돼, 김 형을 따라가 볼까?

그는 곧바로 따라붙을 듯이 내 쪽으로 한 걸음 다가왔다. 그곳은 하루에 수천 만 원어치의 금을 작업하는 곳이라 아무나 구경할 수 있는 곳이 아니다. 종아리에 붙은 거머리를 떼듯 딱 잘라야 한다. 나는 손을 내저으며 급히 말했다.

—안 돼, 오늘 바쁜 일이 있나 봐.

—다음에 갈 때 꼭 같이 가. 나는 들어가서 한잠 더 자야지. 김 형, 일당 받으면 한잔 사.

그는 손을 흔들며 골목 안으로 들어가고, 뿌연 담배 연기만 남았다. 다음에 보면 그는 언제 금세공 작업을 구경시켜 줄 건지, 언제 술을 살건 지 다그칠 것이다. 모처럼 일 가는데 고 씨를 만나다니, 아침부터 기분이 찜찜했다.

종로 3가의 좁은 뒷골목으로 들어갔다. 해가 들어오지 않는 골목은 항상 어두컴컴하고 서늘했다. 골목의 중간에 있는 낡은 건물 삼층으로 올라가 문 앞에서 정수에 전화를 했다.

—아저씨, 어서 오세요.

무거운 철문이 삐걱 소리를 내고 열리며 정수가 나왔다. 정수는 돌아가신 선대 사장의 사업을 이어받아 이곳을 운영했다. 정수를 따라 들어가자 작업장에서 '윙'하고 그라인더가 돌아가는 소리가 멈추며 사람들이 일제히 나를 쳐다보았다. 다 아는 얼굴이지만 왠지 멋쩍어 쭈뼛쭈뼛 안으로 들어갔다.

─다들 잘 지냈어?

나는 어색한 마음을 떨쳐버리려고 큰 소리로 모두에게 인사를
했다. 정 씨는 금 거북, 문 씨는 금 골프공, 김 여사와 손 여사는 금
돼지를 만들고 있었다. 정 씨와 문 씨가 다가와 악수를 청하고, 여
사들은 일어나서 고개를 숙였다.

정수는 순금으로 나비 브로치 만드는 일을 나에게 맡겼다. 한
돈짜리가 육십 개, 두 돈짜리가 삼십 개로 꽤 많은 양이었다. 작업
지시를 받고 예전에 일하던 빈자리에 앉았다. 오랫동안 일하던 곳
인데, 오 년 동안의 공백이 있어서 그런지 몸이 공중에 붕 뜬 기분
이었다. 예전처럼 일하기 전에 피던 담배 생각이 간절했다. 그러
나 언제부턴가 작업장에서는 금연이었다. 나는 담배생각을 누르
고 김 여사가 가져다준 커피를 마셨다. 달달한 커피가 들어가자
나도 작업장의 분위기에 서서히 녹아들었다.

황금나비는 오래전 연희누나에게 주려고 내가 처음 만든 제품
이었다. 나비는 쉴 때는 날개를 넓게 펴고, 꿀을 빨 때는 날개를 세
운다. 날개를 접고 피는 것을 빠르게 반복하여 날아오르고, 날개
를 활짝 펴며 회전한다. 나비가 허공을 천천히 활공하는 호랑나비
의 모양으로 나는 모형을 조각했다. 그 모형으로 황금나비를 만들
어 연희누나에게 가져갔다. 황금나비를 받고 환하게 웃던 누나의
모습이 눈에 선했다.

고무 틀에 녹인 왁스를 주입하고 그것이 굳은 후. 모형을 분리

했다. 가느다란 기둥에 매달린 파란색 날개를 조심해서 떼어냈다. 모형이 잘 나왔는지 확인하고, 날개모형을 파란 고무기둥에 하나씩 붙였다. 모형의 끝을 인두로 녹여 하늘을 향하는 나뭇가지처럼 위로 향하게 붙였다. 파란 고무기둥에 모형을 붙이는 성형틀작업을 이곳에서는 트리작업이라고 한다. 아래 기둥까지 촘촘히 모형을 붙였다. 완성된 파란 모형은 크리스마스트리와 같은 모양이 되었다.

주조작업실에 가서 트리를 석고 틀에 넣고 석고를 물에 개어 빈 곳에 채웠다. 틀 안의 석고가 굳은 후, 자연 건조되려면 약 한 시간이 걸린다. 작업실로 돌아오니 여사들은 이미 퇴근했고 정 씨와 문 씨도 일을 마치고 작업대에 떨어진 금가루를 붓으로 끌어모으고 있었다. 여기서는 먼지 같은 금도 버리지 않고 다시 녹여서 사용한다. 작업을 마친 정 씨가 다가왔다. 옥인동에 가성비가 좋은 고깃집이 있단다. 작업이 끝나는 날, 소주 한잔을 하자며 문 씨와 같이 퇴근했다.

정수는 오늘 만든 물건을 갖고 귀금속 상가로 갔다. 그가 작업장에 돌아와 석고 틀이 잘 되었는지 확인하고, 그것을 고온건조기에 넣어야 일이 끝난다. 그곳에서 밤새 왁스는 흘러내리고 빈 공간이 생긴다. 내일 아침 그 공간으로 금물이 들어간다.

캐럿 열매 한 개의 무게는 0.2그램이다. 이 무게를 다이아몬드 등 귀금속에서 1캐럿이라고 한다. 어른 손으로 잡을 수 있는 캐럿 열매가 최대 24개라서 순금을 24K라 부른다. 순금은 잘 늘어나서 일 그램으로 3킬로미터 길이의 가는 선으로 뽑을 수 있고, 잘 펴져서 사방 일 미터의 금박도 만들 수 있다.

나는 오십 년 동안 금으로 반지, 팔지, 귀걸이 등 많은 장신구와 동물모양의 소장품을 만들었다. 금과 함께 살아온 지난 세월이 꿈과 같이 흘러간 것 같았다. 이곳에서 보낸 세월을 되돌아보며 무료하게 앉아 있으니, 피로가 한꺼번에 밀려왔다. 오늘은 힘을 쓰는 일은 없었지만 나이가 들어 하루 종일 앉아 있는 것도 쉬운 일이 아니었다. 잠이 자꾸 몰려와 눈꺼풀을 덮었다.

예전에는 밀랍을 가지고 기술자가 며칠 동안 조각해서 모형을 만들었다. 그러나 최근에는 컴퓨터 그래픽으로 디자인한 후, 3D 프린터로 출력을 하어 밀랍 모형을 만든다. 그렇게 하면 새로운 제품을 디자인하여 왁스 모형을 만드는데 반나절이면 가능하고, 기술자가 만들지 못하던 작고 복잡한 모형도 쉽게 만들었다.

최근 들어 사람들은 소장용으로 동물모양의 금보다 골드바를 선호한다. 골드바는 금괴를 녹여 막대 모양으로 하고, 이것을 압축기로 눌러 압연작업을 하여 정해진 두께를 만든다. 이렇게 해서 나온 얇고 긴 금판을 절단한 후 인쇄하여 골드바를 만든다. 주로 한국조폐공사, 한국금거래소 등 큰 회사에서 만든다.

3D프린터에 밀려 모형을 만드는 일자리는 없어졌지만, 세공하

는 일은 그대로였다. 오랜 숙련이 필요한 정밀한 작업이라 아직 그 일을 로봇이 대체 할 수 없었다. 그런데다 최근 세공사들이 노조에 가입한 후 정해진 시간만 일했다. 그래서 주문이 밀리면 간혹 퇴직한 나에게도 일을 시켰다.

오늘 작업한 석고 틀을 정수에게 인계하고 작업장을 나왔다. 모처럼 일을 해서 몸은 피곤했지만, 아직까지 이곳에서는 쓸모가 있는 기술자로 취급되어 마음이 뿌듯했다. 가끔씩 불어오는 쌀쌀한 바람도 상쾌하게 느껴졌다.

거리는 이미 어둠이 내려 가로등 불빛이 점점 그 범위를 넓혀가고 있었다. 가게들도 불을 환하게 밝혀 사람들을 유혹했다. 거리의 사람들은 빠르게 지나가지만 나는 몇 년 사이에 바뀐 거리를 구경하며 천천히 걸었다. 대로변엔 오래전부터 보아왔던 가게들이 여기저기 남아 있었다. 큰길을 건너자 연희누나를 만난 골목이 나타났다. 벌써 삼십여 년이 지났지만 그 골목은 변하지 않고 그대로였다. 골목의 입구에 서있던 누나의 모습이 영화 속 장면처럼 머릿속에서 생생하게 떠올랐다.

일이 늦게 끝나 아홉 시가 넘은 시각에 나는 셋방으로 가고 있었다. 비가 부슬부슬 내리는데 우산이 없어 지름길인 골목길로 들어섰다. 평소에는 술집여자들이 잡아끌어 다니지 않던 좁은 골목이었다. 골목 입구에 비닐우산을 쓴 여자가 서 있었다. 비스듬히 서서 담배 피는 모습이 불량스레 보였다. 비가 오는데도 여자가 나와 있나? 나는 가던 길을 돌려 나왔다. 여자는 피던 담배와 우산을 집어 던지고 달려와 내 팔을 잡았다. 아저씨 싸게 잘해 드릴게 한 잔하고가, 하고 귀에 소곤대며 잡아끌었다. 싸구려 화장품 냄새가 역겹게 풍겼다. 나는 피곤해서 집에 가서 자고 싶은 생각뿐이었다. 여자를 뿌리치고 가려고 하자. 여자는 밝은 길까지 질질 끌려오며 놓지 않았다.

밝은 곳에 나오자 여자의 얼굴이 가까이 보였다. 마른 얼굴에 초승달 같은 눈매와 눈 밑의 커다란 점이 있는 여자였다. 눈매와 점이 낯설지 않았다. 어디서 보았지? 주름살이 자글거려 바로 알아보지 못했지만, 알아본 순간, 나는 온몸이 감전된 것 같았다. 찌릿하고 전기가 등골을 타고 머리로 올라갔다.

－연희누나!

누나가 떠난 지 오래됐지만, 어릴 적 생각이 날 때마다 항상 보고 싶던 누나였다. 나는 연희누나를 부르고 그 자리에 장승처럼 서 있었다.

－연희, 연희…….

여자는 잡았던 손을 놓고 중얼거리며 내 얼굴을 뚜렷이 쳐다보았다. 특히 눈썹 위에 길게 있는 상처를 유심히 보는 것 같았다. 옆 동네 아이들과 싸우다 이마가 찢어졌을 때, 누나가 상처에 된장을 바른 후 병원으로 데리고 가서 열 바늘을 꿰맸다.

시간은 멈춘 듯, 천천히 흘렀다. 내가 잘못 봤겠지, 설마 내 앞에 있는 여자가 연희누나겠어? 연희누나와 헤어졌던 어린 시절이 착잡한 마음으로 성큼 다가왔다.

나는 서울의 변두리에 있던 보육원에서 자랐다. 같은 보육원에서 자란 누나는 나보다 일곱 살 위였다. 누나는 학교를 마치고 나서도 보육원에 계속해서 남아 있었다. 어린애를 돌보고 초등학생의 공부도 가르쳤다. 나는 누나와 함께하는 공부시간이 좋았다. 학교에서 백 점 받은 시험지를 내밀면, 안아주는 누나의 몸에서 달콤한 복숭아냄새가 났다. 누나의 품은 따뜻하고 아늑한 느낌이었다. 나는 누나가 엄마였으면 하고 생각했다.

육학년이던 어느 날 학교에서 돌아오자 어린 애들이 누나가 떠나갔다고 울고 있었다. 몇 년 전에 떠나간 형이 와서 누나를 데리고 갔단다. 우리들에게 도둑질을 시키고, 말을 안 들으면 때리던 형이었다. 나는 출렁하고 가슴속에서 무엇이 빠져나가는 느낌이었다.

연희누나는 봄이면 마당 가득 과꽃을 심었다. 누나는 나비를 보려고 꽃을 심는데 꽃이 피면 나비가 와서 쉬어 갈 거라고 했다. 자주색 꽃이 만발하자 나비는 오는데 누나는 오지 않았다. 가을이 되어 몇 송이만 남은 꽃 위에 커다란 호랑나비가 찾아왔다. 내가 다가가자 호랑나비는 힘들게 날아올라 내 머리 위를 한 바퀴 돈후 멀리 날아갔다. 쉬게 놔둘걸. 누나가 나비로 변하여 찾아왔을지도 모른다는 생각이 들어 마음속에 서운함이 가득했다.

—영준이니!

여자는 피를 토하듯 말을 뱉고 터벅터벅 골목 안으로 들어갔
다. 연희누나였다. 나는 심장이 날카로운 것에 찔리는 것 같은 고
통을 느꼈다.

큰 대로를 벗어나 좁은 길로 접어들자 십여 미터 안쪽에 '민속
집'이라는 동그란 간판이 보였다. 빈대떡집의 문을 열자, 가운데
통로를 두고 양쪽에 둥근 식탁이 네 개씩 보였다. 손님들이 여러
명 있어 실내는 시끄러웠다. 안쪽의 테이블에서 큰 체격의 안 씨
가 나를 향해 손을 흔들었다. 고 씨와 이곳에서 한잔하기로 했다
는데, 그는 보이지 않았다.

—고 씨는?

—오는 중이야. 여기 처음이지. 고 씨 단골집이야.

두 사람은 이곳에 몇 번 온 적이 있는 것 같았다. 나를 빼고 둘
만 언제 왔지? 조금 서운한 생각이 들었지만 잠시뿐이었다. 고소
한 기름 냄새가 모든 생각을 지워버렸다. 혀 밑에 침이 저절로 고
였다. 안 씨도 시장한 듯, 먼저 시작하자며 빈대떡과 소주를 시켰
다.

안 씨는 술이 당기는지 혼자 계속해서 마셨다. 술 한 병을 거의
비웠을 때, 문이 열리고 고 씨가 들어왔다. 작은 체구의 여자가 쪼
르르 따라 들어와 고 씨 옆에 앉으며 목례했다. 고 씨는 한 여사라

고 여자를 나에게 소개했다. 여자는 갸름한 얼굴에 동그란 눈이 귀여웠다. 고 씨보다 어려 보였으나 눈가엔 잔주름이 자글자글했다. 동그란 눈을 깜박이는 모습이 마당에서 모이를 찾는 늙은 암탉처럼 보였다. 담비와 암탉, 어울리는 조합이 아니었다. 담비에게 암탉은 손쉬운 먹잇감이다.

―형님, 내일 일 안 가?

―일주일 정도 가야 해. 좋은 일이 있어서 오라고 했어.

―참, 오늘이 대법원판결이라고 했지?

―응, 이겨서 복직하게 됐데. 그래서 한잔 사는 거야.

안 씨의 큰아들이 노동운동을 하다 해고되어 소송한다는 이야기는 들은 적이 있었다. 요즈음 그가 초조해하던 이유를 알 것 같았다.

―김 씨도 혹시 소송 건이 생기면 고 씨와 상의해. 고 씨가 변호사만큼 잘 알아.

나는 살면서 법원 근처에 가보지도 않았는데, 앞으로도 그럴 일은 없을 것 같았다. 그러나 가볍게 목을 끄덕였다.

안 씨는 큰아들의 길었던 소송 이야기를 한참 동안 했다. 소송 이야기가 끝나자 여자는 왜, 춤추러 안 오세요. 하고 안 씨에게 물었다. 안 씨는 재주가 없어 포기했다고 큰 손을 절레절레 흔들었다. 그들은 안 씨가 한 여사의 발을 밟은 얘기를 하며 즐겁게 웃었다. 나도 콜라텍에 한 번 쫓아간 적이 있었다. 춤에 문외한인 내가 봐도 고 씨는 춤을 잘 추었다. 날렵한 그와 춤을 추려고 여자들이 대기하고 있었다. 안 씨는 춤을 잘 추지 못해도 홀아비라 그런지, 그곳 분위기를 즐기는 것 같았다. 나는 모르는 여자들과 섞이는 것이 쑥스러워 음료수만 마시고 먼저 나왔다.

여자가 암탉이라고 하면 큰 덩치의 안 씨는 곰과 같았다. 나는 곰이 작은 암탉에 끌려 엉금엉금 춤추다 발을 밟는 모습을 상상해 보았다. 인형극에나 나올 장면이었다. 인형극에 출연할 곰, 담비, 암탉을 금으로 만들어 볼까? 우선 밀랍으로 모형을 만들어야지.

모형은 동물의 특징을 살려야 맛깔스러워진다. 곰은 웃으며 두 발로 서서 즐겁게 춤을 추는 모형을 만들어야지. 담비는 작은 다리로 서있는 구경꾼이야. 암탉을 언제 잡아먹을까 하고 작은 눈으로 엿보는 담비로 만들어야 해. 암탉은 날개를 펴서 손을 대신해야지. 부리 부분을 어떻게 하지? 고개를 옆으로 돌릴까? 이때 갑자기 여자의 목소리가 크게 들려 모형 만들기를 멈췄다.

소곤소곤 얘기하던 여자가 갑자기 고 씨에게 큰소리로 화를 냈다. 술 한 잔을 단숨에 벌컥 들이키더니 여자는 고 씨가 다른 여자와 껴안고 춤췄다고 야단했다. 고 씨는 앞으로 다른 여자는 쳐다보지도 않겠다며 여자를 달랬다. 콜라텍에서는 남자 여자가 돌아가며 춤추는 게 아닌가? 왜, 다른 여자와 춤을 못 추게 하지. 늙은 나이에 둘이 연애하나?

여자는 화가 안 풀리는지, 언니 여기 모둠전 하나, 라고 주문하며 주방 안으로 들어갔다. 한참 후, 여자는 멋쩍게 웃으며 모둠전을 들고 돌아왔다. 주인여자도 같이 따라와서 합석했다. 고 씨는 두 여자에게 금세공하는 김 사장이라고 나를 소개했다. 사장이 아니라고 변명하기도 이상해서 가볍게 목례만 했다.

— 요즈음은 금에 투자해야 돈을 벌어. 은행이자는 연 3%도 안 되거든. 지금 금값은 연 10% 이상 올라. 우리나라는 금에 부가세를 10% 붙여, 그래서 국제시세보다 비싼 거야. 부가세가 안 붙은 금을 사면 돈을 버는 거야.

— 덩어리 금을 사는 거예요?

— 그걸 골드바라고 해. 일 킬로그램짜리 골드바는 구천만 원이 넘어. 요즈음, 강남사람들은 집에 골드바 하나씩은 다 갖고 있어.

— 작은 것도 있어요?

— 골드바는 한 돈짜리부터 있어.

고 씨는 자기가 채굴하려는 가상화폐는 실물이 없지만 금은 안전한 실물자산이라고 했다. 그는 여러 가지 금 투자 방법에 대해 설명했다. 두 여자는 그것에 관심이 많은 것 같았다. 나는 몇십 년 동안 금을 다루었어도 금의 시세에는 눈이 어두웠고 관심이 없었다. 나한테 금은 반지나 귀걸이 등을 만드는 재료일 뿐이었다.

할 일이 있다는 것은 노인에게도 활력을 주는 것 같았다. 어제 늦게 잠들었어도 새벽에 일 나가는 사람들보다 먼저 일어났다. 옆방의 안 씨도 깨워서 시간에 늦지 않게 보내고 나도 일찍 작업장에 나왔다.

작업대 위에는 순금으로 된 노란색 트리 세 개가 은은하게 반짝이고 있었다. 금으로 된 트리를 손에 잡으니 금속처럼 날카롭거나 차갑지 않고, 물렁하고 따뜻한 느낌이 들었다. 금속의 비릿한 냄새는 전혀 없고, 달콤한 복숭아의 냄새가 나는 것 같았다.

트리의 구석구석을 살폈다. 날개의 돌출 부분, 날개의 문양, 몸통과 머리 등을 꼼꼼히 보았다. 황금기둥에 줄줄이 매달린 황금날개들은 빨리 기둥에서 떼어달라는 것 같았다. 떼어내면 날개를 펄럭이며 바로 날아오를 것 같았다.

트리에서 날개를 리퍼로 떼어내자 잘린 부분이 불룩하게 튀어나왔다. 돌출 부분을 줄로 갈았다. 금은 잘 펴지고 잘 늘어나지만, 힘을 주어 수십 번을 문질러야 원하는 면이 나왔다. 나비에서 중요한 부분은 날개의 유선형과 꼬리처럼 나온 부분이 살아야 멋진 나비가 된다. 나비가 작고 날개는 얇아 조심스레 고운 샌드페이퍼를 수없이 움직여 날개 하나를 완성했다. 손에 굳은살이 박였던 부분이 몇 년 사이에 말랑해져 아팠다. 나는 할 수 없이 그곳에 테이프를 붙였다.

균형을 맞춰, 양쪽 날개를 가스불로 녹여 붙였다. 바람을 타고 활공하는 나비의 모양을 만들었다. 저울에 무게를 재고 가는 금선을 잘라 정해진 무게를 맞췄다. 머리에 두 개의 구멍을 내고, 금선을 밀어 넣고 붙였다. 금선으로 더듬이를 만들었다. 황금나비를 고정시킨 나무에 대고 광쇠로 문질렀다. 쇠가 지나가는 곳마다 반짝반짝 빛이 나며 연희누나에 만들어 준 황금나비와 같은 모양이 되었다.

연희누나는 골목 안의 술집에서 경자라는 이름으로 일하고 있었다. 속칭 니나놋집이라는 곳이었다. 다음날부터 일을 끝내고 집에 갈 때마다 매일 술집에 들렀다. 그러나 누나는 나를 무시하고 쌀쌀맞게 대했다. 내 옆에는 앉지도 않아 할 수 없이 막걸리를 혼자 마시고 집으로 갔다. 보름 정도 되었을 때 주인여자는 경자를 데리고 가려면 그녀의 빚을 갚으라고 했다. 경자는 빚이 계속 늘어 이곳에서도 계속 있을 수 없다고 했다. 다음날 적금을 해약하고, 모자라는 돈은 회사에서 빌려 누나의 빚을 갚았다. 빚을 다 갚았는데도 누나는 떠나지 않고 그곳에 있었다.

금은 다른 금속과 섞여도 순금으로 되돌릴 수 있다. 18K, 12K, 치과에서 수거한 금도 순금으로 다시 만든다. 합금을 50도의 왕수에 녹이면 금은 투명한 액체가 된다. 불순물을 거르고 여기에 아황산나트륨을 넣으면 금은 모래 모양으로 침전된다. 이것을 건조하고 불로 녹인 후 식히면 24K 순금이 된다.

금은 다시 순수해지는데, 연희누나는 왜 예전으로 돌아오지 못하지? 돌아올 수 없다면 나비처럼 훨훨 날아가게 해야지. 반짝이는 황금나비를 만들어 누나를 찾아갔다. 황금나비를 받은 누나는 짐을 싸기 시작했다. 짐은 작은 화장품가방과 커다란 비닐옷가방이 전부였다.

내가 사는 곳으로 쫓아온 누나는 좁은 방에서 사온 술만 새벽까지 혼자 마셨다. 술기운에 떨어져 잠이 든 누나를 두고 나는 일을 나갔다. 저녁에 돌아와 보니 누나는 끙끙 앓고 있었다. 열이 나서 몸이 펄펄 끓고 땀을 비 오듯 흘렸다. 수건을 빨아다 이마 위에 올려 열을 내렸다. 약을 사다 먹였지만 바로 다 토해 버렸다. 죽도 삼키지 못하고 물만 받아먹었다. 누나는 몸도 마음도 모두 아픈 것 같았다. 열병에 걸린 듯, 물만 먹으며 죽은 듯 잠만 잤다. 나흘 만에 정신을 차린 누나는 죽을 조금씩 먹기 시작했다. 죽을 먹는 얼굴에서 예전 누나의 모습이 살아나는 것 같았다. 기력을 회복한 누나는 며칠 후 행선지도 알리지 않고 훌쩍 떠나갔다.

몇 달 지나, 연희누나한테서 근황을 알리는 편지가 왔다. 충청도 작은 도시의 한 보육원에서 아이들을 돌보고 있단다. 쉬는 날 바로 누나를 찾아갔다. 작지만 넓은 꽃밭이 있는 아늑한 곳이었다. 채송화와 맨드라미 사이로 나비들이 놀고 있었다. 누나는 원하던 일을 해서 그런지 아주 편안한 모습이었다. 가슴에 단 노란 나비 브로치가 반짝였고 환해진 얼굴은 온화하고 평화롭게 보였다. 이제 누나를 다시 찾았다는 생각에 가슴이 뭉클해지며 누나의 모습이 흐릿하게 보였다.

연희누나의 기억을 더듬는 동안에도 손은 나비를 계속 만들었다. 금세공은 많은 체력이 소모되는 일이다. 같은 동작을 무수히 반복하기 때문에 힘이 들었다. 그러나 작업판 위에 하나둘 쌓이는 나비를 보며 일을 멈추지 않았다. 바닥에서 반짝반짝 빛나는 나비들은 날개를 펄럭이며 날아오를 것 같았다.

빌딩 사이로 난 좁은 길로 들어서니 어두운 골목이었다. 앞이 잘 보이지 않아 더듬거리며 조심스럽게 걸었다. 어둠에 익숙해지자 골목사이로 내가 사는 동네가 멀리서 보였다. 언덕 위에서 내려오는 쌀쌀한 바람 때문에 듬성듬성 켜진 가로등이 파랗게 떠는 것 같았다.

나비 브로치가 예쁘게 나왔다고 추가 주문이 들어와 사흘 동안 일을 더 했다. 모든 일을 끝내고 저녁에는 정 씨가 말한 옥인동의 고깃집으로 갔다. 정수가 수고했다며 직원을 다 데리고 가서 술을 사주었다. 오랜만에 먹는 고기가 맛있어 마구 먹었더니 배가 더부룩했다. 한두 잔씩 받아 마신 소주도 취기가 올라왔다. 얼굴이 후끈후끈 달아오르고 호흡은 목에 차듯 가빴다. 걷는 것도 힘들어 공터에 서서 잠시 쉬었다.

－오늘은 늦었네.

공터 앞의 구멍가게에서 문이 열리고 안 씨가 밖으로 나오며 말했다.

－응, 일 끝내고 고기 얻어먹고 왔어.

―들어와. 고 씨가 집에 내려간다고 해서, 막걸리 한 잔 먹는 중이야.

안 씨를 따라 가게로 들어가자, 초췌하게 보이는 고 씨가 큰 트렁크를 옆에 끼고 앉아 있었다.

―갑자기, 집에는 왜?

―집사람이 병원에 입원했는데. 밤차로 내려가려고. 못 보고 가는 줄 알았는데, 그래도 보고 가네.

―어디가 아픈데?

고 씨는 나에게 막걸리 한 잔을 따르고 아무 대답도 없이 막걸리만 벌컥벌컥 들이켰다.

―유방암 3기래. 암이 주위에 퍼져서, 항암치료를 먼저 해야 한대.

안 씨가 대신해서 들은 얘기를 전했다. 고 씨는 넋이 나간 사람처럼 멍하니 술병을 바라보고 있었다. 식탁에는 빈 술병과 빈 접시뿐이었다. 나는 술과 번데기 통조림을 시키고 막걸리 한잔을 단숨에 들이켰다. 살면서 이런 경우가 많지는 않았지만, 이럴 때 무슨 말을 해야 하나 난감할 뿐이다. 안 씨도 막걸리 병을 따서 고 씨의 잔을 채우고 아무 말이 없었다. 한동안 침묵만 길게 흘러갔다.

삼 년 전 시골의 작은 병원에 입원해 있는 연희누나를 찾아갔다. 그곳에서 폐암이라는 말을 들었을 때, 나는 아무 말도 못 하고 눈물만 흘렸다. 서울의 큰 병원으로 데리고 와 수술을 했으나 결국 석 달밖에 더 살지 못했다. 황금나비만 나에게 남겨 놓고 누나

28

는 저세상으로 떠나갔다. 지금 고 씨도 그때 나와 같은 심정이겠
지.

─이제 슬슬 가야겠네.

─밤차라며, 한 잔 더하고 기차에서 한 잠자.

나는 뭐라고 위로의 말을 하기도 곤란하여 빈 잔에 막걸리를 따
랐다.

─김 씨, 돈 가진 것 있으면 며칠만 빌려줘.

─내가 있는 것 다 털고 모자라 주인한테 빌려서 맞췄는데, 그
것으로도 부족해?

안 씨가 일당 받은 돈을 빌려준 것 같았다. 돈을 받으면 흙손과
연장을 사야 한다고 했는데…….

─병원비는 되는데, 암이면 잘 먹어 체력을 유지해야 한대. 몸
보신시키려면…….

오늘 일이 끝나 돈을 받은 것을 뻔히 알고 있을 텐데, 못 받았다
고 잡아뗄까 하고 망설여졌다. 부인이 아프다는데……. 연희누나
도 내가 병원에 찾아갔을 때는 몸이 종잇장처럼 말라 있었다. 주
위에서 항암에 좋다고 권하는 보약들이 많았는데, 그때 그것을 먹
였으면 살 수 있었을까?

─겨울잠바와 TV 살 돈인데…….

─벼 수매한 돈이 곧 들어올 거야. 들어오는 대로 바로 송금해
줄게, 계좌번호 문자로 보내.

안 씨와 나는 골목 어귀까지 고 씨를 배웅했다. 큰 캐리어를 끌고 가는 그의 뒷모습을 보니 공연히 눈물이 핑 돌았다. 고 씨는 아내의 건강이 회복되는 대로 돌아오겠다고 했지만, 연회누나의 경우를 비추어 봐도, 암이 그렇게 쉽게 낫는 병이 아니라 빠른 시간에 그를 못 볼 거라는 생각이 들었다.

쾅쾅, 쾅쾅, 문을 두드리는 소리가 시끄럽게 들렸다. 이 새벽에 누구지? 일어나려 해도 술이 깨지 않아 몸이 말을 듣지 않았다.

- 새벽부터 누구요?

문간방에 사는 주인할머니 소리가 들렸다.

- 경찰입니다. 문을 좀 여세요.

경찰이라는 소리에 술이 확 깨고, 가슴이 두근두근 뛰었다. 경찰이 무슨 일로 이 새벽에 왔지?

- ○○경찰서 형사과 김 경사입니다. 이 집에 이 영세라고 있지요?

- 그런 사람 없는데요.

- 여기 산다는데, 사진을 한 번 보세요?

- 아하, 고 씨인데. 시골집에 간다고 어제 갔는데.

- 경위님 이 새끼 냄새를 맡고 튀었는데요. 할머니 이 사람은 우리 관할에서 사기혐의로 수배 중인 사람입니다. 그가 살던 방을 보여 주세요.

고 씨가 아니고 이 씨라니! 그다음 이야기는 들리지도 않았다. 어제 돈을 빌려 갔는데, 사기꾼이라니! 일주일 동안 힘들게 일한

걸 날리다니, 가슴이 쓰리도록 아팠다. 조금 남기고 빌려줄걸, 하고 후회도 되었다. 아내가 아프다고 사기를 치다니, 그놈은 사람도 아니다.

쾅, 미닫이 닫히는 어렴풋한 소리에 잠에서 깼다. 이어서 쿵쿵 이층 계단을 내려오는 발소리가 들리는 것 같았다. 잠결에 계단을 세었다. 하나, 둘, 셋,…… 열둘. 그러나 저벅저벅 방 앞을 지나가는 사람은 없었다. 새벽에 일 가던 사람들이 모두 떠났는데, 잠결에 환청이 들리고, 항상 새벽에 잠에서 깨었다. 며칠 전 동네에서 독거노인 한 분이 돌아가셨는데, 죽은 지 사흘 만에 발견되었다. 나도 언젠가 그렇게 되겠지. 그 후로 새벽에 잠에서 깰 때면 이유도 없이 서글퍼지고 저절로 눈물이 났다.

고 씨는 떠나기 전, 한 여사와 빈대떡집 주인에게 골드바를 싸게 사준다고 돈을 받았고 이층에 살던 사람에게도 돈을 빌렸다. 이층 사람들은 결국 방세가 밀려 쪽방에서도 쫓겨났다. 그 방에는 아주머니들이 들어왔다. 여자들은 아침 늦게 일을 나가 저녁 늦게 집으로 돌아왔다. 안 씨가 있던 방에 퇴역상사 황 씨가 들어왔다. 낮에는 집에 나와 황 씨뿐인데, 그는 나를 부하처럼 다루려고 해서 그와 잘 어울리지 않았다.

안 씨는 TV와 닳은 연장을 나에게 맡기고 천안에 있는 큰아들 집으로 내려갔고, 나는 떨어진 잠바를 입고 겨울을 지냈다. 며칠 전 안 씨한테서 전화가 왔다. 하는 일 없이 집에 박혀 있어 살만 쪘단다. 낮에 아파트 주변을 걷지만, 지루해서 죽을 지경이란다. 날이 풀리면 며칠 다녀가겠다고 했다. 고 씨는 줄행랑을 놓은 후, 한번도 나타나지 않았다. 그렇게 밉던 고 씨도 시간이 지나니 한번 보고 싶었다. 담배를 달라던 고 씨의 모습이 자꾸 떠올랐다.

금년 겨울은 유난히 춥고 길었다. 안 씨가 없으니 같이 어울릴 사람도 없어, 나는 꼼짝 않고 방안에서 번데기처럼 겨울을 버텼다. 한낮에도 춥고 길도 미끄러워 급식소와 구멍가게 갈 때만 밖으로 나갔다. 나이가 들면 시간이 화살같이 빠르게 간다는데, 할 일이 없는 나는 하루하루 넘쳐나는 시간을 보내기가 곤혹스러웠다.

조용한 새벽이면 시간이 아주 멈춘 것 같았다. 다만 작은 창을 때리는 바람 소리와 벽을 울리는 황 씨의 코고는 소리에 시간이 천천히 흐르는 것을 느낄 수 있었다. 옆방에서 기척이라도 해야 TV를 볼 텐데……. 황 씨는 밤늦게까지 쏘다니다 점심때가 되어야 일어났다. 일어나기 전에 TV를 켜면 벽을 두드리고 야단했다. 그가 깨어날 때까지 번데기처럼 이불을 돌돌 말고 기다려야 한다. 몸은 탈피도 못 한 번데기처럼 누워있지만, 그래도 마음은 하늘을 훨훨 날아가는 황금나비가 된다. 연희누나가 하늘 저편에 만든 꽃밭에는 어떤 꽃들이 피어있을까? 나는 황금나비가 되어 누나의 꽃밭으로 날아가는 꿈을 꾼다.

남편의 분재

조심스레 남편 방의 문을 열었다.

미닫이창의 우윳빛 유리문을 통과한 빛이 은은하게 방안을 밝혔다. 커다란 침대 위의 황금빛 이불과 브라운색의 원목장롱과 문갑이 오늘따라 낯설게 보였다. 방안은 붉은빛이 감돌고 공기는 무겁게 압축되어 나를 누르는 것 같았다. 방안에 희미하게 떠도는 남편의 냄새에 숨이 막히고 가슴이 답답했다.

기분 탓일까? 창가에 놓여있는 안마의자에서 남편이 일어나며 '무엇 때문에 노크도 없이 들어왔어' 하고 호통을 칠 것 같았다. 아침에 남편이 성질내며 부르던 소리가 아직까지 귓가에 머무르고 있었다. 남편의 호통을 듣는 것은 흔한 일이었지만, 오늘 아침 일은 마음속의 응어리가 쉽게 가라앉지 않는다. 이십 년을 같이 살아온 남편이었기에 좋은 모습으로 남기를 바랐는데, 이마의 굵은 주름살을 잔뜩 찡그리고 큰 눈을 부릅뜬 모습이 마지막으로 남았다. 화를 내는 하회탈과 같은 남편 얼굴이 지워지지 않고 착잡하게 떠올랐다.

－여보! 내가 몇 번이나 불렀는데 오지 않고 무엇 해!

남편이 방문을 열고 나오며 소리쳤다. 희고 굵은 눈썹을 치뜬 모습을 보니 화가 단단히 난 것 같았다. 의사가 화를 줄이라고 했다지만 쉽게 고쳐지지 않는다.

－커피포트 소리 때문에 못 들었어요.

설거지를 끝내면 식탁에서 느긋하게 커피를 마실 생각으로 물을 끓이고 있었다. 설거지 물소리와 물 끓이는 소리가 합쳐 웬만한 소리는 들리지 않았다. 남편은 한 번 부르면 쪼르르 달려가서 그의 말을 듣기를 원했다. 하지만 나도 하던 일이 있는데, 쉬운 일이 아니라 가끔씩 벌어지는 일이었다.

－내 방으로 와 봐.

나는 설거지 하던 것을 멈추고, 손을 앞치마에 닦으며 남편의 방에 들어갔다.

－초록색 폴로셔츠를 안 빨았어?

그 옷을 입으면 젊게 보인다며, 많은 옷 중에서 골프를 갈 때면 그 옷만 즐겨 입었다. 어제 오후에 다림질까지 해서 걸어 났는데, 못 찾고 있었다. 아침에 누군가의 전화를 받고 화가 잔뜩 났는데, 분노조절장애를 앓고 있는 남편은 화가 나면 쉽게 풀어지지 않는다. 그럴 때면 남편은 바로 앞에 있는 물건도 찾지 못했다. 공연히 불똥이 나에게 튈까 염려되어 장롱에서 셔츠를 찾아 건네며 아무 말도 하지 않았다.

남편은 조금 미안한지 머쓱한 표정을 지으며 손으로 반백의 뒷머리를 만졌다. 그것은 남편이 미안할 때 버릇처럼 나오는 행동이었다.

－2시에 이삿짐센터에서 짐을 싸러 올 거야. 그 사람한테 이 방에 있는 물건은 이사하는 집 안방으로 갈 거라고 해. 문갑은 현관 옆방으로 넣고, 당신 짐은 부엌 옆방으로 옮겨, 분재는 화원에서 옮긴다고 했으니 전부 놔두라고 해.

남편은 초록색 티셔츠에 베이지색 잠바를 입고 방을 나섰다.

－내일 이사하는 날인데, 어디 멀리로 가세요?

나는 내일 집을 떠날 거라는 말을 할까 하고 망설이다가 그냥 조용히 떠나기로 했다.

－대전 근천데, 김 사장멤버들과 라운딩할 거야. 그곳에서 자고 내일 9시 출발할 거야. 잔금은 1시에 부동산에서 받기로 했으니 그 전에 올 거야.

남편은 요즈음 김 사장과 자주 어울렸다. 김 사장은 남편의 빌딩 근처에서 골프용품점을 하는데 예전엔 바람둥이로 소문난 남자였다. 남편과 비슷한 연배인데, 칠십이 된 지금도 예전처럼 그렇게 지내는 것 같았다. 남편은 김 사장과 골프 치며 여자들과 어울리는 것 같았다.

나는 마음이 뒤숭숭하여 남편의 안마의자에 앉았다. 의자는 포근하게 감싸며 나를 받아 주었지만, 내 몸은 남편이 나를 안았을 때처럼 뻣뻣하게 경직되는 느낌이었다. 남편의 물건은 왠지 모르게 나를 억누르는 것 같았다. 의자에 배어있는 남편의 냄새도 나를 불편하게 했다.

세 쪽으로 연결된 문갑 위에 놓여있는 분재들이 눈앞에 보였다. 남편의 분재는 오랜 세월 남편의 분노를 감당하며 이 집에서 같이 살고 있었다. 그중에 문갑의 가운데 보이는 분재가 남편이 제일 처음 만든 작품이었다. 정이품이라고 이름 붙여진 분재는 이 집에서 긴 세월을 나와 같이 보냈다.

이십 년 전 나는 남편과 새로운 가정을 꾸렸다.

그 당시 남편은 중3, 중1의 아들과 초등학교 5학년인 딸을 가진 이혼남이었고, 나는 다섯 살 아들을 가진 과부였다. 내가 아르바이트를 하던 편의점 사장의 주선으로 서너 달 만나 본 후 남편과 재혼을 했다. 대가족이 된 우리는 일 년 동안은 새로운 환경에 적응하며 그런대로 평온하게 살았다. 반지하 단칸방에서 갑자기 넓은 아파트로 와서 대식구의 살림을 맡았지만 파출부도 부르지 않고 그럭저럭 꾸려 나갔다.

남편은 젊어서부터 묘목 사업을 했다. 여기저기 변두리의 싼 땅을 구입하여 묘목농원을 만들었다. 묘목은 시간이 지나면 나무가 되어 값이 오르고, 그 사이 농원 주위가 개발되며 땅값도 올랐다. 수도권에 신도시가 생기며 남편의 농원 여러 곳이 그곳에 편입되었다. 토지는 시세대로 보상을 받고, 묘목을 옮기는 비용도 받았다. 그래서 결혼 전에 남편은 5층 빌딩의 건물주가 될 수 있었다.

사업은 오르막이 있으면 내리막이 있는 법이다. 잘 나갈 때 조심했어야 하는데 남편은 욕심을 부려 사업을 확장했다. 그 당시 은행나무와 이팝나무를 가로수로 많이 심을 때인데, 남편은 벚나무 묘목만 농원에 심었다. 벚나무가 크게 자랐을 때, 여러 곳에서 벚나무를 가로수로 선정했다. 은행나무는 열매가 길에 떨어져 나쁜 냄새를 풍겼고 이팝나무는 꽃가루 알레르기를 일으킨다는 오해가 있었다. 농원의 벚나무를 여러 곳에 납품했는데, 검찰에서 참고인 조사를 받으라는 연락이 왔다. 남편은 검찰에 들어가며 업자들이 시샘으로 투서한 것 같다고 말했다. 저녁이면 조사가 끝나서 집에 올 거라며 갔는데, 조사 중에 피의자로 전환되어 구속되었다. 꼼꼼하게 기록한 남편의 수첩이 발목을 잡았다. 남편이 선물한 한우갈비와 과도하게 건넨 명절 떡값 그리고 일부 임야에 농지 전용 허가를 받지 않고 묘목을 심은 것도 문제가 되었다.

경수 한 명을 키우기도 버거웠는데, 나는 졸지에 남편의 두 아들과 딸까지 모두 네 명의 보호자가 되었다. 남편이 교도소에 있는 일 년 동안, 남편 옥바라지와 네 아이를 보살피고, 남편 대신에 빌딩 일을 처리하고, 몸이 두 개라도 모자랄 정도로 바빴다. 다행이도 재혼하며 남편이 절세한다며 나를 빌딩의 직원으로 채용하여 월급을 주었다. 그 돈으로 생활비를 하며 버틸 수 있었다.

남편이 복역을 마치고 나오자 우리 가족은 평화로운 나날을 기대하며 기뻐했는데, 실상은 그렇게 되지 않았다. 남편은 주홍글씨가 쓰여, 묘목사업을 접을 수밖에 없었다. 빌딩에서 나오는 임대료로 생활하는데 문제가 없었지만 사업의 꿈이 꺾인 남편은 화를 달고 살았다.

남편의 분노는 오롯이 식구들의 몫이 되었다. 별거 아닌 일을 가지고 툭하면 애들을 순서대로 줄을 세워 놓고 야단을 쳤다. 회초리를 들고 애들의 종아리를 때린 적도 있었다. 남편이 애들을 때리는 것이 조금 심하다고 생각은 했지만, 그때는 폭력이라고 생각하지는 못했다.

여러 달 동안 남편을 설득하여 정신과 상담을 받았다. 의사는 분노조절장애라고 진단했다. 약을 처방하며 정기적인 운동과 취미활동을 권유했다. 매주 나는 남편과 휴양림에 가서 삼림욕도 하고 근교의 산에 가서 가벼운 산행도 했다.

북한강이 내려다보이는 서울 근교 산에 갔을 때였다. 강이 보이는 산의 중턱에 있는 바위에서 땀을 식히며 쉬었다. 멀리서 흐르는 강엔 물안개가 자욱하게 피어오르고 강을 가로지른 철교 위에 기차가 지나가고 있었다. 어디로 가는 기차지? 나도 저 기차를 타고 멀리 떠나고 싶었다. 고등학교 때 기차를 타고 갔던 수학여행이 문득 떠올랐다. 기차가 터널에 들어가면 불을 끄고 서로의 머리를 때리고, 안개 낀 강가를 달릴 때면 밖을 보며 탄성을 질렀지. 기차 안에서 환상적인 물안개를 보며 앞날을 꿈꾸던 때가 있었는데……

─여보, 저 나무 좀 봐.

남편이 부르는 소리에 정신을 차리고 가리키는 곳을 보았으나 굴참나무, 오리나무 등 흔히 볼 수 있는 나무들뿐이고 어떤 특별한 나무도 보이지 않았다.

─어떤 나무를 말하는 거예요?

─저기 절벽 사이에 작은 소나무 말이야.

자세히 살펴보니 두 개의 큰 바위틈에서 키 작은 소나무가 비스듬히 자라고 있었다.

─굵기를 보니 십 년은 된 것 같네요.

─정이품 소나무와 비슷하게 생기지 않았어? 저 나무 캐다가 집에서 키울까 봐.

다음 날 남편은 분재 전문가와 같이 가서 주변을 반쯤 파서 길게 뻗은 굵은 뿌리를 자른 다음 다시 흙을 덮고, 일 년이 지나 케어다 화분에 옮겨 심었다. 그 나무가 남편의 첫 분재였다.

그때부터 남편은 분재에 취미를 붙여, 집에 오면 채취해 온 산채를 돌보는 일을 하고, 쉴 때는 의자에 앉아 멍하니 넋 놓고 분재만 바라보며 아이들에게는 신경 쓰지 않았다. 애들이 이제 숨을 쉬고 살겠구나 하고 생각했으나, 큰애와 둘째는 이미 분재처럼 되어 있었다. 눈치를 살피며 남편의 말 한마디면 자동으로 움직이는 로봇이었다.

남편은 주로 소나무를 소재로 삼았다. 그래서 산에서 자생하는 소나무를 주로 채취하러 다녔다. 대부분의 산이 국유림이나 공원으로, 함부로 수목을 훼손하는 것은 법적으로 금지되어 있다. 그래서 등산을 겸해 소재 탐색을 다니다가 적당한 것을 발견하면, 휴대폰으로 사진을 찍어 놓았다가, 3월 중순부터 4월 말 사이에 수목을 채취했다.

제일 끝에 보이는 분재도 십여 년 전에 남편과 같이 채취한 소나무다. 남편이 여름에 찍은 사진을 보고 나무를 찾아 산을 헤맸다. 주위가 많이 변해 있어서, 한참 헤매다가 진달래 사이에서 채취할 수목을 찾았다. 에스 모양으로 비틀린 소나무였다. 남편은 먼저 주변의 잡목을 제거하고 필요 없는 긴 가지를 잘라냈다. 그런 다음 가지고 간 소형 삽으로 밑동의 5배 넓이로 파 내려갔다.

—어휴, 힘들어. 당신이 좀 파. 잔뿌리가 상하지 않게 주의해서 파.

쌀쌀한 날씨인데, 남편은 땀을 흘리며 삽을 나에게 건넸다. 나는 뿌리가 상할까 부담스러워 가지고 온 꽃삽으로 흙을 파 올리며 조금씩 파 내려갔다. 30㎝ 정도 파자 굵고 긴 뿌리만 남았다.

―굵은 뿌리만 남았는데, 어떻게 해요?

남편은 휴대용 톱을 꺼내 굵은 뿌리를 잘랐다. 흙이 떨어지지 않게 조심해서 들어 올린 다음 신문지로 뿌리를 감싸고, 큰 비닐 봉지에 나무를 넣고 테이프로 붙였다.

남편은 채취해 온 소나무의 필요 없는 가지는 자르고, 남은 가지엔 철삿줄을 돌돌 감았다. 모양을 잡는다고 줄기와 큰 가지는 굵은 철사를 사용하여 철사걸이를 했다. 간혹 철사가 수피에 파고들어 흉터가 생기면 보기 흉해 내다 버렸다, 많은 나무들이 뿌리와 가지를 잘려 병들어 죽었고, 생명이 질긴 나무들만 살아남아 남편의 분재가 되었다.

애초엔 등이 곧은 선비였다

가슴엔 푸르름을 키우고
높은 하늘로 고개를 든 선비였다
예리한 삽이 뿌리를 자르고
화분에 가두기까지
푸르름을 키우면 키울수록
가위질은 멈추질 않았나
등이라도 곧추세우려면
더욱 조여오는 철사줄

남편 방의 분재와 거실에 있는 분재를 베란다의 온실로 옮겼다. 모두 열여섯 개였다. 3년 동안 아침마다 보살피며 정이 든 나

42

무들이다. 캐온 곳을 기억하며 한 그루 한 그루 살폈다. 어제 물주기를 해서 모든 화분의 흙들이 촉촉하고 나무들도 싱싱했다.

그중에 온실의 귀퉁이에 있는 분재에서 눈이 멈췄다. 삼 년 전에 전라도의 국립공원에서 채취한 소나무인데 남편이 얼마 전에 버리라고 빼놓은 것이다. 한반도 지도 같이 생겼다고 캐어 와서 분재로 했는데, 함경도 모양을 살린다고 한, 철사걸이에 가지가 버티지 못하고 말라죽었다. 그 부분을 잘라내니 이상한 모양이 되었다.

어떻게 하지? 원하는 모양이 아니라고 버리는 것은 너무 심하잖아. 나는 분재를 라면박스에 담아 노끈으로 잘 고정하고 손잡이도 만들어 현관에 내어놓았다. 집을 떠나서 크게 할 일도 없는데, 제일 먼저 저 나무를 캐 온 곳에 다시 심어주기로 마음먹었다.

남편이 변한 것은 저 소나무를 캐올 무렵이었다. 그때부터 다니던 등산모임 대신 새로운 골프모임을 나갔다. 일 년에 서너 번 나가던 골프를 일주일에 두 번도 갔다. 골프보다 여자들과 같이 어울리는 게 즐거운 것 같았다. 남편은 새로운 일에 빠지면 그전 일은 신경 쓰지 않았다. 그동안 정성껏 돌보던 분재도 소홀히 해 잎이 축 늘어진 나무도 생겼다. 예전 같았으면 저 나무의 가지를 말라죽이지 않았겠지.

어느 날 아침 남편이 나를 불렀다.

―분재를 내가 매일 돌볼 수 없으니 당신이 맡아서 해.

―해 본 적이 없어서…….

분재를 돌보려면 전지, 순치기, 잎따기 등 모양을 잡는 기술과 비료주기, 분갈이 등 수형을 유지하는 기술이 필요하다.

―물주기만 먼저 해봐. 여보, 표면 흙이 하얗게 마른 화분을 골라서 물을 주어야 해. 흙이 덜 말라 있으면 화분 안에는 수분이 많은 거야. 이때 물을 주면 화분 속에 물이 많아, 결국 뿌리가 썩게 되는 거야.

나는 남편이 골라 준 화분 다섯 개를 목욕탕으로 들고 갔다.

―물을 줄 때는 배수 구멍에서 물이 흘러나올 때까지 흠뻑 주어야 해.

나는 물뿌리개에 남편이 어젯밤에 받아놓은 수돗물을 담고, 화분 위에 충분히 뿌렸다.

―이렇게 매일 아침 흙이 마른 화분을 골라서 물을 주면 돼. 바닥에 물이 다 빠지면, 베란다에 해가 잘 드는 곳에 내놔. 집안에 들여놓은 화분은 온실에 있는 것과 가끔씩 바꿔줘야 해. 햇볕은 많이 쪼이는 게 좋아.

남편은 그들과 어울리며 술 마시는 날도 점점 늘었다. 평소에 와인 한 잔만 마시면 얼굴이 벌겋게 되어 더 마시는 것을 사양했는데, 만취해서 돌아와 씻지도 않고 자는 날도 있었다.

술이 취해 들어온 어느 날, 거실에 나를 불러 앉혔다.

―주변 빌딩 사장들 하고 저녁을 먹었는데, 빌딩을 대부분 자식

이나 손자들에게 증여해 주고, 노인 명의로 남아 있는 빌딩은 몇 안 돼. 죽은 후에 상속하면 세금 때문에 빌딩을 그대로 뺏긴데. 빌 딩은 공시가로 계산하니 증여세는 얼마 안 나온대. 그래서 나도 빌딩을 손자들에게 나눠서 증여해 줄까 하는데, 당신 생각은 어 때?

─그런데 소영이가 섭섭해하지 않겠어요.

─여자는 출가외인인데, 뭘.

남편은 퉁명스럽게 말을 뱉었다. 얼굴이 일그러지며 금방이라 도 분노가 폭발할 것 같았다.

─당신 재산이니, 당신 뜻대로 하세요.

어차피 남편은 자기가 생각한 대로 할 것인데……. 나는 말을 바꿔 폭발하기 직전 뇌관을 제거했다. 그런데 그것이 끝이 아니었 다. 얼마 전, 남편은 살고 있는 집을 팔겠다고 느닷없이 말했다.

─둘이 사는데 이렇게 넓은 집이 필요 없잖아? 도우미도 없이 당신 혼자 치우는 데, 둘이 살만한 집으로 이사해야겠어.

─그렇기는 해요, 여섯 식구가 살던 집인데, 소영이까지 시집가 고 나니 지금은 절간 같아요.

─그렇지, 스물다섯 평 아파트면 충분할 것 같아.

─그래도 명절이면 애들이 오는데, 그런 아파트는 좁지 않을까 요?

나는 경수가 제대해서 결혼할 때까지는 데리고 있으면서, 보살펴 주고 싶었다.

　─경수도 독립해야지. 미국에선 애들이 대학교에 들어가면 바로 독립한대.

　남편은 내가 경수 때문에 반대할 것을 이미 생각하고 있었다. 남편은 자신이 먼저 죽으면 이 집을 내가 차지할까 겁나는 것이겠지. 그런 것을 내가 왜 모르겠나.

　─알았어요. 당신 뜻대로 하세요.

　집을 팔고 이사할 집을 계약한 날, 이사하는 집으로 나는 들어가지 않겠다고 남편에 말했다. 남편은 한참 동안 아무 말 하지 않고 내 얼굴만 쳐다보았다. 남편은 나를 자신의 분재로 생각하는 것 같았다. 그리고 그달부터 빌딩에서 주던 월급도 들어오지 않았다. 필요한 돈을 하나하나 남편에 타서 쓰게 했다. 철사로 소나무를 조이듯 돈으로 나를 조였다.

　한 달 전부터 장보기를 줄였지만, 감자, 양파, 파가 남아있었다. 감자와 양파를 다듬어 비닐에 넣고, 파는 다듬어 신문지에 말아 냉장고의 야채박스에 넣었다. 냉장고에도 버릴 것이 적지 않았다. 배추김치, 멸치조림, 깻잎절임, 어묵볶음 등, 내가 어제 먹던 것들은 모두 안에 것을 비우고, 빈 통은 개수대에 놓았다. 남편이 즐겨 먹는 명란젓, 오징어젓은 그대로 두었다. 남편은 혈압약을 먹으면서도 짠 젓갈은 줄이지 않았다.

이때 초인종이 울렸다. 문을 열자 소영이가 느닷없이 나타났다. 청바지에 연두색 잠바 차림이다. 키가 크고 날씬하여 5살 아이를 둔 엄마로 보이지 않았다. 은행 대리라지만 창구에서 근무해 바쁠 텐데, 휴가를 내고 이삿짐 싸는 것을 도우러 왔다.

소영은 잠바를 벗어 식탁 의자에 걸쳐 놓고, 고무장갑을 끼더니 개수대에 있는 빈 통을 닦았다. 통을 다 닦은 다음 찬장에서 접시를 꺼내 사가지고 온 떡볶이, 순대, 튀김을 담아 식탁 위에 놓았다.

-엄마, 이리 와서 떡볶이 드세요. 우리 동네에 맛있는 떡볶이 집이 생겨서 사왔어요.

생각해 보니 아침밥을 먹은 기억이 없다. 커피를 타서 모닝 빵과 간단히 먹으려 했는데, 남편이 셔츠를 찾는 바람에 아침밥을 건너뛰었다. 그래서인지 주파수가 안 맞는 라디오 소리처럼 머릿속에서 '찡'하는 소리가 연속적으로 들렸다. 식욕은 없고 속만 더 부룩해서 미적미적하고 있었다. 소영은 이런 나를 억지로 끌어 식탁 의자에 앉혔다. 소영이 찍어 주는 떡볶이를 억지로 입에 넣고 씹었다. 떡볶이는 매우면서 달콤한 것이 그런대로 입맛에 맞았다.

-경수한테서 얼마 전에 전화가 와서 바로 와본다고 생각했는데, 월말에 바쁜 일이 많아 지금 왔어요.

경수만 알고 있으라고 했는데, 누나한테 전화한 모양이었다.

-경수가 뭐라고 하던?

그렇지 않아도 소영한테는 말해야 할 것 같아서 어떻게 얘기하나 하고 망설였는데 잘 된 것 같다는 생각이 들었다.

　─이사할 때 엄마는 새집으로 들어갈 것 같지 않다고, 누나가 가서 말려달라고 하더라고요. 경수 말이 사실이 아니지요?

　무엇부터 말해야 소영이가 이해할까, 하고 잠시 생각했다. 현재 내 심정을 솔직하게 말해야 오해하지 않겠지.

　─아빠와 재혼한 때는 내가 정말로 어려웠어. 어린 경수를 데리고 하루하루 살기가 버거웠어. 혼자서 경수를 키우며 공부도 못 시키겠다고 느꼈어. 아빠도 엄마 없이 자식 셋을 일 년 동안 키워 보니, 안되겠다고 생각해서 나한테 손을 내밀었어. 특히 소영이 초경이 다가오는데 아빠가 어떻게 해야 할지 모르겠다는 말을 들었을 때, 내가 할 역할이 있을 거라는 생각이 들었단다. 아빠가 감옥에 가기 전에는 그럭저럭 잘 지낸 편이었지. 그러나 교도소에 다녀온 후에는 사람이 달라졌어. 벌금을 추징당하고 사업을 접어야 하는 상황을 쉽게 받아들이지 않았지. 그런 것들이 생각날 때마다 전부 식구들에게 화풀이를 했지.

　─저는 초등학생이라 어리기도 했지만 엄마가 있어서 아빠가 없다는 것을 느끼지 못했어요. 잔소리하는 아빠가 없으니 해방된 기분이었는데, 아빠가 돌아와서 툭하면 소리 지르고 화를 내는데, 헐크로 변해서 오신 것 같았어요.

　─맞아, 아빠만 들어오면 너희들은 각자 방에서 숨소리도 못 내고 꼼짝 않고 있었지. 그게 분노조절장애 때문이야. 병원 치료도

받고, 분재를 시작하면서 조금 완화되었지. 그러나 근본적으로 치료는 어려운 것 같아. 오늘 아침에도 무슨 전화를 받고 화가 났는지, 눈앞에 있는 셔츠도 찾지 못하더라.

　─아침에 제가 전화했어요. 빌딩은 손자들한테만 증여해 주고, 누구에게 주려고 집을 파는가 하고 따졌지요. 새로 사는 집은 엄마 명의로 해야 한다고 말했어요.

　남편은 자신의 지분을 십분의 일만 남기고 빌딩을 작년에 큰아들의 두 손자와 작은아들의 손자에게 삼분의 일씩 증여했다. 나와 딸과 손녀딸을 빼고 손자들한테만 물려주는 의도를 알았지만 나는 모른 척했다.

　─공연히 미움받을 짓을 하지 마. 아빠 성질을 잘 알잖아. 이번 기회에 너희 집 사면서 받은 대출금을 일부라도 상환해달라고 졸라. 나는 그동안 아빠가 경수 뒷바라지한 것으로 됐어. 요즈음 아빠의 언어폭력이 말도 못 해. 더 이상 버틸 수가 없어서 내가 살려고 떠나는 거야.

　─정말로 졸혼이라도 하시려고요?

　─나는 그럴 생각인데, 아빠가 졸혼보다 이혼을 원하면 그것도 응할 생각이야.

　이혼을 하려면 위자료를 줘야 하니, 쉽게 결정하지는 않겠지.

　─대박, 아빠한테 여자라도 생겼어요?

　소영은 눈을 크게 뜨고 내 얼굴을 빤히 바라보았다. 남편은 여러 여자들과 골프를 치며 어울렸지만, 한 여자에 빠질 성격은 아니었다. 그러나 불편해서 혼자 살 수는 없겠지.

−나는 자식을 키워주는 역할이었고, 이제 아빠는 앞으로 자신을 뒷바라지할 여자가 필요하겠지.

퉁명스러운 내 말투 때문인지, 소영은 잠시 아무 말 하지 않고 있더니 큰 눈이 벌게지며 눈물이 그렁그렁했다.

−앞으로 저도 안 보는 건 아니지요?

나는 다가가서 소영의 얼굴을 살포시 안아 주었다. 나는 살기 위해서 떠나지만 어릴 때부터 키운 너를 어떻게 잊겠니. 갑자기 나도 앞에 보이던 물건들이 흐릿하게 보이기 시작했다.

집안에는 파란 플라스틱 상자들이 여기저기 수북이 쌓여 있었다. 2시경 이삿짐센터에서 두 사람이 와서 미리 정리한 상자다. 상자를 보니 비로소 이사 가는 실감이 났다. 이제 나도 마지막으로 내 방을 정리해야지.

며칠 전 마트에서 사 온 상자를 들고 내 방에 들어갔다. 붙박이장을 열고 옷을 침대 위에 내려놓고 세 종류로 분류하기로 했다. 당장 입어야 할 옷은 내일 가지고 갈 작은 캐리어로 보내고, 나중에 입어야 할 겨울옷은 상자에 넣고, 일 년 동안 한 번도 안 입은 옷은 헌옷수거함에 넣기 위해 큰 비닐로 담았다.

순조롭게 분류를 하다가 연두색 트위드 투피스를 보는 순간 손이 멈췄다. 앞에 작은 주머니가 있는 재킷과 타이트스커트로 된 정장으로 재혼할 때 입었던 옷이었다. 그때가 서른여덟 살이었지. 남편이 백화점으로 데려가 연두색이 잘 어울린다고 직접 골라주었다. 그 옷을 입고 여섯 식구가 사진관에 가서 가족이 된 기념사진을 찍고 결혼식을 대신했다. 애들은 모두 얼떨떨한 표정이었지. 사진사가 치즈라고 크게 소리쳤지만 나도 웃는 표정이 잘 나오지 않았다. 스커트를 허리에 대 보았다. 뱃살을 지그시 눌러도 턱없이 작았다. 이십 년을 간직해 온 옷을 나는 큰 비닐 속으로 망설임 없이 집어넣었다.

결국 이십 년 전으로 돌아가는 셈인데, 그때 재혼이 옳은 선택이었나? 변명 같지만 사실 다른 걸 선택할 여지가 없었다. 갑자기 찾아온 경수아빠의 죽음은 내가 감당하기에는 너무 가혹한 것이었다. 화물차를 몰고 지방에서 올라오던 그는 졸음운전으로 저세상으로 떠났다. 경수가 두 돌이 바로 지난 때였다. 전세 보증금을 다 까먹고 단칸 월세방에서 간신히 내가 정신을 차렸을 때는 네 살 된 아들을 가진 미망인이었다.

먹고 살기 위해 경수를 어린이집에 맡기고, 여러 곳을 다니며 아르바이트를 했다. 우는 경수를 맡길 때마다 먼저 가버린 경수아빠를 원망하며 마음속으로 울었다. 일이 끝나 어린이집에 가면 선생님은 경수가 가방을 벗지 않는다고 했다. 엄마가 오면 바로 가려고 하루 종일 메고 있단다. 이런 상황을 벗어날 수 있으면 어떤 일도 할 생각이었다.

그때 남편이 편의점 사장을 통해 재혼의사를 물어왔다. 내가 아르바이트하던 편의점이 남편의 빌딩에 세 들어 있었다. 남편은 세 아이를 돌봐줄 적당한 사람이 필요하고, 나는 어린 경수를 키울 경제적인 울타리가 필요했다. 분재는 자신의 의사와 상관없이 이곳에 왔으나 나는 내가 살기 위해서 스스로 이곳에 온 것이다.

정리한 상자를 옮기기 위해 경수의 방문을 열었다. 어두운 방에 책상과 의자가 희미하게 보이고 침대에 경수가 누워있는 것 같았다. 불을 켜자 침대가 있던 자리에는 상자만 덩그러니 쌓여 있었다. 그곳에 방금 정리한 옷 세 상자와 신발과 가방 등을 넣은 상자를 합쳤다. 이 상자들은 내일 보관 창고에 보내야지.

나는 경수의 의자에 앉아, 한 달 전 경수와 나눈 말을 곱씹어 보았다.

-제대가 얼마나 남았니?

나는 경수의 기분을 살피면서 말머리를 잡았다.

-이제 들어가면 백오십사일 남아요.

경수는 편하게 잘 있다고 말했지만, 역시 군대는 군대인 것 같았다. 제대하려면 다섯 달도 넘게 남았는데, 날짜를 세고 있다니…. 공연히 마음이 짠해졌다.

-제대하고 와도 이사 가는 집에 네 방이 없어서, 엄마 마음이 아프구나.

─이제 일 년만 공부하면 졸업이니, 제 걱정은 하지마세요. 제
대하면 독립해서 나갈 생각을 하고 있었는데 잘된 일이에요. 아버
지가 등록금과 일 년 치 하숙비를 제 통장에 보내 주셨어요.

남편이 집을 팔겠다고 했을 때 나는 군대에 있는 경수에게 전화
를 했다. 집을 줄여 가니 경수가 있을 방이 없다는 것, 이번 기회에
나도 독립해서 나갈 생각이니 놀라지 말라는 것 등등을 미리 알렸
다.

─아버지한테 마음에 맺힌 것이 있다면, 다 잊어라. 엄마가 재
혼하지 않고 너를 키웠어야 하는데 그때는 나도 어리고 마음이 여
렸다. 계모처럼 어린 너를 때리며 야단쳤던 일들이 지금은 몹시
후회가 된다.

예전에 남편이 화가 나면 애들을 잘 다스리지 못했다고 제일 큰
애한테 분통을 터트렸다. 나는 사춘기의 큰 애가 잘못될까 하고
염려되어 경수 때문에 큰 애가 야단맞을 것 같으면 내가 먼저 경
수에 매를 들었다. 요즈음 뉴스에 아동학대에 대한 이야기가 나오
면 그때 일이 생각나서 경수에게 미안한 생각이 들었다.

─어렸을 때 다 그렇게 크는 거지요. 그래도 내가 울면 누나가
방으로 데려가서 먹을 것도 주면서 달래주었어요. 누나는 지금도
형들보다 저를 더 챙겨줘요. 저는 엄마가 혼자서 어떻게 사시나
걱정이네요.

─엄마 나이 육십도 안됐는데 건강하니까 무엇이라도 할 수

있어.

　―제가 제대해서 취직할 때까지 기다리면 안 돼요?

　―걱정하지 마. 당분간 생활할 수 있는 돈도 있고, 보험과 연금
도 들은 게 있어. 나이가 많아도 여자들 일자리는 많아. 아이 돌봄
도 있고, 요양보호사도 자격증을 따면 할 수 있어.

　―제가 돈 벌면 엄마를 모실 테니, 그동안 무리하지 마세요.

　의젓하게 말하는 경수가 예전에 경수아빠의 모습을 보는 것 같
았다. 의붓아버지 밑에서 엇나가지 않고, 반듯하게 자란 경수가
대견하게 느껴졌다. 굵은 뿌리를 땅에 깊게 내린 튼실한 나무 같
았다.

　―당신은 몇 신데 아직까지 자고 있어.

　남편의 호통 소리에 정신이 번쩍 들었다.

　―지금 일어…….

　말이 입안에서 맴돌며 나오지 않았다. 억지로 눈을 비비고 일어
났다. 어두워 앞이 잘 보이지 않았지만, 주위가 낯설게 느껴졌다.
침대가 아니고, 요에 누워 두툼한 이불을 덮고 있었다. 꿈이었다.
정신을 차리고 살펴보니 어제 늦게 들어온 민박집이었다. 나는 이
미 남편의 분재가 되어 버린 것일까? 나는 언제 남편의 화분에서
벗어날 수 있을까?

십년을, 또 십년을……

나는 곱추가 되었다
가슴에 키우던 푸르름을
언뜻 꿈에서나 보는
등 굽은 곱추가 되었다
사람들은 멋있다 한다

잠자리가 바뀌니 밤새 잠을 설치다가, 새벽에 다시 잠이 들었다. 꿈에 남편이 옷을 사준다고 나를 백화점에 데리고 갔다. 남편이 잡은 축축한 손이 싫어 나는 잡힌 손을 뺐냈다. 그러나 암만 힘을 주어도 빠지지 않아 소리까지 질렀다. 그 소리에 잠에서 깼다. 남편은 같이 외출하면 축축한 손으로 내 손을 꼭 잡고 다녔다. 그래서 우리를 금실 좋은 부부로 알고 있는데, 내가 집을 나간 걸 알면 다들 놀라겠지?

밖에서 들리는 빗소리에 정신이 번쩍 들었다. 비가 채양에 떨어져서 물통을 타고 내려오는 소리가 요란했다. 아파트에서는 들을 수 없던 소리다. 새 출발하는 데 비가 오는 것은 좋은 징조겠지. 그러나 봄비치곤 많이 오는 것 같았다. 나무를 심을 수 있을까? 몇 시쯤 되었지? 작은 창문의 커튼 사이로 새어 들어온 빛에 장식장 위에 놓인 텔레비전이 보였다. 시간을 알아볼까 하고 리모컨을 찾는데 멀리서 목탁소리가 들리기 시작했다.

아침 예불은 열 시지. 비가 오니 지금 일어나도 딱히 할 일도 없잖아. 나는 다시 따뜻한 이불속으로 기어들어 갔다. 점심때까지 뒹굴뒹굴해야지. 이렇게 나만의 시간을 가진 게 언제인지 기억이 나지 않는다. 가만히 누워있으니 몸이 나른해지며 빗소리와 목탁 소리 사이로 갖가지 생각들이 스멀스멀 살아났다.

소영은 남편에게 내 뜻을 잘 전했을까? 소영에게 불호령이 떨어지진 않았겠지. 남편은 소영의 말을 듣고 어떤 표정을 지었을까? 화를 내며 내 휴대폰에 전화를 여러 번 했겠지. 잘됐다고 속으로 웃을지도 몰라. 떠나기로 결정했을 때, 남편의 뜻은 무시하기로 하였지만, 그래도 남편의 생각이 궁금했다. 무료하게 쉬고 있어서 그런지 여러 생각들이 꼬리를 물고 일어났다.

어제 아침 일찍 소영이 집으로 왔다. 토요일이라 회사에 안 가니 고속터미널까지 태워 주겠다고 차를 가지고 왔다. 나를 보낸 후, 아빠가 올 때까지 이사하는 것을 돕겠다고 했다. 나는 소영에게 버리고 갈 가구들을 적어 주고 폐기 비용을 건네주었다. 나와 경수의 상자를 알려주고 보관비용도 맡겼다. 그리고 나머지 이사 비용은 아빠가 계산할 거라고 알려주었다.

고속버스를 기다리는 동안 소영이 화과자를 한 상자 사왔다. 달달한 것을 먹으면 복잡한 머리가 맑아진단다. 엄마가 어떤 결정을 하던 소영은 끝까지 응원하겠고 말했다. 경수는 자기가 틈나는 대로 보살필 테니 엄마는 자신의 생각만 하라고 했다. 무서운 남편의 밑에서 컸어도, 소영은 두 오빠들처럼 분재가 되지 않아서 다행이라는 생각이 들었다.

　민박집은 3년 전에 남편과 점심을 먹었던 곳이었다. 식당의 정
갈한 맛이 기억나서 민박을 겸한 이곳으로 숙소를 정했다. 3년의
시간이 흘렀어도 맛은 변하지 않고 내 입에 맞았다. 산채정식을
시켜 나온 반찬을 싹싹 비우니 기운이 살아나는 것 같았다. 마침
비가 그쳐 식당에서 야전삽을 빌려 배낭에 넣고 등산복 차림으로
산으로 향했다. 오늘은 심을 자리를 찾아봐야지.

　일주문과 매표소를 지나 전나무길 초입에 왼편으로 난 탐방로
가 나왔다. 관음봉까지 1.8㎞로 표시되어 있었다. 어둡기 전에 돌
아오려면 쉬지 않고 가야 했다. 가끔씩 나타나는 관음봉이라는 팻
말을 놓치지 않고 한참을 올라갔다. 숨이 막혀 허리가 꺾일 때, 사
방이 탁 트인 곳이 나타났다. 칠 부 능선쯤에 남편과 함께 쉬던 곳
이었다. 안개 같은 엷은 구름이 흘러가는 밑으로 줄지어 서있는
큰 전나무와 절의 모습이 가끔씩 보였다. 오늘은 전나무 숲을 걸
어 절에도 들러봐야지. 남편이 절을 가리키며 한 말이 아직도 생
각났다.

　－저 아래 보이는 절은 백제 무왕 때 세워졌는데, 임진왜란 때
불타고 조선 인조 때 중건된 국가 보물이야. 저 절로 들어가는 전
나무 길은 한국의 아름다운 길 100선에 선정되었어.

　－내려가면 절에 들러요,

　－다음에 들러, 여기는 국립공원이라 임산물을 채취하면 안 돼.

소나무를 캐면 바로 가야 해. 한반도 모양으로 생긴 소나무라 욕심을 내는 거야.

소나무가 원래 있던 관음봉 밑은 큰 바위들이라 심기도 힘들고 심어도 살기가 힘들 것 같아 관음봉 삼거리에 심기로 했다. 삼거리에서 여기저기 살피다 경사가 완만한 곳을 찾아냈다. 서쪽에서 불어오는 바닷바람을 막아줄 철쭉 군락이 있고 남쪽에 해를 가릴 큰 나무도 없었다. 다행히도 비가 내린 후라 삽이 생각보다 잘 들어갔다. 돌도 많지 않아, 구덩이를 파는 데 시간도 많이 걸리지 않았다.

다음 날 아침 일찍 소나무를 들고 민박집을 나섰다. 소나무가 무거워 여러 번 쉬고, 어제 땅을 파놓은 곳에 도착했다. 호미로 바닥을 고르고 물을 뿌렸다. 물이 잦아든 다음 소나무를 화분에서 꺼냈다. 화분 속에서 흙과 뿌리가 한 덩어리가 되어 있었다. 그대로 구덩이에 넣고 파낸 흙으로 빈 곳을 채웠다. 발로 밟아 흙을 메꾸고 남은 흙은 가운데로 높이 올렸다. 비가 오면 물이 고이게 둥글게 웅덩이를 만들고 한쪽엔 물이 빠지게 배수로를 파주었다.

이제 나무를 심었으니, 조금 쉬었다가 내려가야지. 깔개를 깔고 앉아 가지고 온 화과자를 꺼냈다. 한 입 깨어 물자, 촉촉한 과자 속에서 달달한 팥소가 입안에 퍼져 나왔다. 소영이 말대로 팔다리에 힘이 생기고 머리가 맑아지는 것 같았다.

어젯밤 나는 재혼 전에 살던 동네에서 살기로 결정했다. 이십 년 전과 별로 달라지지 않은 그곳에 가서 반지하방이라도 얻어야지. 쉬지 않고 아르바이트라도 시작하면 잡념도 사라지겠지. 이십년 전과 달리 경수가 번듯하게 컸으니 이제 남은 생은 오롯이 나만을 위해 살아야지.

나는 남은 물을 나무와 웅덩이에 비운 다음에 배낭을 메고 소나무에 작별 인사를 했다. 한반도 모양이 아니면 어때, 해가 비치는 대로 바람이 부는 대로 살면 되지. 이제 다시 볼 수 없더라도, 이곳에서 뿌리내리고 잘 살아라.

멀리 보이는 서해 바다 위에서 검은 비구름이 몰려오고 있었다. 소나무도 비를 맞으면 잘 살아나겠지. 구름이 오기 전에 산을 내려가야지. 산을 내려가다 비를 맞는다 해도, 비가 빨리 왔으면 하는 바람이다. 산 아래 민박집 동네가 까마득하게 보였지만 새 출발을 위해 산에서 내려가는 내 발걸음은 가벼웠다.

*본문에 나오는 시는 이길원 시인의 「분재」를 인용하였습니다.

경비 정 씨의 하루

봄을 재촉하는 비가 부슬부슬 내렸다. 빗물은 아스팔트를 검게 물들이고 경계석을 따라 졸졸 흘렀다. 새벽부터 내린 비에 촉촉하게 젖은 건너편 화단은 이제 봄기운이 완연했다. 소나무 둥걸에 겨우내 검게 보이던 이끼도 푸른빛이 감돌고, 물방울이 맺힌 가느다란 솔잎은 이미 초록으로 물든 것 같았다.

택배차량이 서서히 들어와 화단의 봄을 가렸다. 차단기가 자동으로 올라가고 차가 아파트 안으로 들어가자 물이 오른 소나무가 더 푸르게 보였다. 나이가 드니 봄을 타는지 몸이 나른하고 졸음이 몰려와 눈꺼풀이 무겁게 내려앉았다. 반장이 한 시간만 교대해주면 좋을 텐데 어디 갔는지 코빼기도 보이지 않는다. 두 손을 머리 위에 올리고 기지개를 켜서 밀려오는 잠을 쫓았다. 이때 휴대폰이 크게 울렸다. 반장인가? 폴더를 열자 아내라는 글자가 떴다.

아내 가게의 전화번호였다. 무슨 일이지? 서둘러 전화를 받았다.

─여보세요.

십오 년 전에 이혼한 아내의 전화라 당신이야 하고 부르기 민망하여 모르는 전화를 받는 듯했다.

─경수가 결혼해요. 경수가 알리지 말라고 했는데, 그래도 알고 있어야 할 것 같아 전화했어요.

간단히 소식을 전하는 아내의 목소리는 낮고 간결했다. 경수가 삼십이 넘었을 텐데 더 늦지 않고 결혼한다니 반가웠다. 초등학교에 다니던 얼굴만 어렴풋이 기억나는데, 그런 꼬맹이가 결혼한다니……. 내가 늙긴 늙었구나.

─며느리…….

갑자기 목이 막혀 소리가 나오지 않았다. 그사이 찰칵하고 전화가 끊기는 소리가 들렸다. 며느리가 어떤 여자인지 궁금한데, 며느리 단어가 끝나기도 전에 전화를 끊었다. 행여 내가 애들 결혼에 간섭이라도 할까 염려되었나? 단칼에 끊어버린 아내의 서릿발 같은 모습이 눈에 선했다. 그만큼 시간이 흘렀으면 삭혀질 때도 되었을 텐데. 나는 '아이참, 아이참', 하고 넋두리만 속으로 중얼거렸다.

오 년 전에도 딸의 결혼을 알리고 전화를 바로 끊었다. 나는 예식장에 가서 딸을 데리고 입장해야 할 것 같기도 하고, 사위 될 사람이 어떤 남자인지도 궁금하여 아내에게 전화를 걸었다. 여러 번 전화했으나 신호는 가는데 받지 않았다. 한참 지나 다시 전화하자 수화기를 내려놓았는지 통화 중음만 들렸다. 지금도 내가 전화하면 받지 않을 테니 궁금해도 참아야 한다.

'빵, 빵' 요란스런 경적에 벌떡 일어나 경비실 밖을 내다보았다. BMW 차량이 차단기 앞에 서 있었다. 얼른 수동으로 차단기를 올렸다. 한참을 기다렸는지 여자는 운전석 문을 열고 나와 비를 맞으며 삿대질을 하며 소리 질렀다. 103동 대표였다. 나는 얼른 모자를 벗고 고개를 숙여 인사했다. 다른 차가 뒤에서 기다릴 때까지 그 자리에 서 있었다. 대표는 분이 풀리지 않았는지 '빵'하고 자발머리없이 클랙슨을 울리며 떠났다. 조수석에는 개를 안고 있는 큰 남자가 보였다.

잠시 후에 관리소장한테서 인터폰이 왔다. 경비원 교육을 똑바로 시키라고 대표가 야단했단다. 나는 잠시 다른 곳을 보았다고 사과를 했다. 소장은 아파트와 재계약하는 날이 다가오자 신경이 날카로워져 작은 일에도 민감했다. 소장은 정신 차려 근무하라고 다그친 뒤 경위서를 내라고 했다. 경위서 두 장을 쓰면 계약기간과 상관없이 해고 시킬 수 있는데 그 정도 일로 경위서를 쓰라니 너무 한 것 같았다.

그동안 동 대표에 인사하며 점수를 따놓았는데 다 헛일이 되었잖아. 이번 일로 그녀가 무슨 꼬투리라도 잡아 내보내려 하지 않을까? 요즈음 나보다 어린 사람들이 경비원으로 들어오는데, 이곳에서 잘리면 다른 곳에 취업하기 쉽지 않을 거야. 어느 구름에서 비가 내릴지 모르듯이 또 다른 곳에서 나쁜 일이 생기지 않게 조심해야지.

―소장이 더 지랄이야!

반장이 툴툴대며 경비실 문을 열고 들어왔다. 안개같이 미세한 빗방울과 함께 신선한 흙냄새가 따라 들어왔다. 바깥바람이 후텁지근한 경비실의 공기를 밀어내고 후끈 달아오른 얼굴을 시원하게 식혀주었다. 반장은 모자를 벗어 걸고 장의자에 앉았다. 뻥 뚫린 민머리가 반짝반짝 빛나고 어디서 자다가 왔는지 숱이 많은 옆머리는 눌려 있었다.

―딴생각하느라고 차가 들어오는 걸 못 봤어. 나 때문에 최 반장까지…….

―경비 잘못 아니야. 센서가 감지하는 가운데로 들어와야지. 그게 안 되면 운전을 말던가. 그 여자는 성질이 지랄 맞아 운전기사가 와도 두 달도 못 견디잖아. 골프가방을 집에 올려다 주지 않았다고 김 씨도 잘랐잖아. 그게 갑질이지. 경비원이 갑질을 당해 죽으면 대책을 세운다지만 다 소용없어. 경비원을 하인으로 생각하는 일부 주민이 문제야!

―소장도 덩달아 경위서 쓰라고 야단이야.

소장의 지시에 나는 자존심 상하고 기분이 나빴다.

―그 친구는 자기가 잘릴까 봐 그런 거야. 마음 쓰는 게 밴댕이

소갈머리야.

반장은 관리소장한테 불만이 많았다. 육십 대 초반의 소장은 작년 말 외부 청소 인원 한 명을 줄이고 경비실 주위의 청소를 떠넘겼다. 금년에는 나이 많은 경비원들을 교체하겠다고 주민대표회의에서 이야기한 후, 일흔 살이 넘은 반장이 더 싫어했다.

반장이 그만두면 내가 반장이 되겠지 하고 기대했는데, 잘못하면 내가 쫓겨나게 생겼잖아. 소장은 경위서 대신 캔 커피를 사다 주고 구워삶아야지. 그런데 103동 대표는 어떻게 해야 하나? 대책이 없어 머리가 지끈거렸다.

*

저녁밥을 먹는데 103동 대표한테서 인터폰이 왔다. 경비실에 택배를 보관한 게 있는지 물었다. 경비실 한쪽 귀퉁이에 있는 흰 스티로폼 박스에 3동 1301호라고 적혀 있었다. 낮에 잘못한 게 있어서 나는 바로 가져가겠다고 말했다. 곧바로 먹던 밥그릇을 챙겨 놓고 택배상자를 들고 대표의 집으로 갔다.

−택배기사가 집 앞에 두고 가면 되는데, 저 양반이 번거롭게 경비실에 맡기라고 했나 봐.

대표의 짜증 난 목소리에 몸이 저절로 움츠러들었다. 시선을 내리깔고 택배 박스를 현관에 내려놓았다.

―제가 받았으면 진작 올려다 드릴 건데, 반장이 받아서……. 어디다 놓아 드릴까요?

대표가 현관 옆의 방문을 열자 나는 박스를 들어 한 쪽 구석에 내려놓았다. 방에는 사료, 배변 패드, 장난감 등 애견용품들이 가득했다. 건조기에서 생고기를 말리는지 육포 냄새가 솔솔 올라왔다. 플라스틱 개집에는 검정 강아지 두 마리가 세상모르고 자고 있었다.

개 한 마리가 목욕탕에서 거실로 달려 나왔다. 누런 요크셔테리어였다. 온몸이 물에 젖은 개는 대표 앞에서 몸을 털었다. 물이 분수처럼 튀어 올라 내 얼굴에 물방울이 튀었다. 개에서 튄 물이라 찝찝해서 손수건을 꺼내 바로 닦았다.

―물을 닦아서 내보내야지. '모모' 감기 들겠어. 그렇게 생각이 없어요,

목욕탕에서는 물 내려가는 소리만 들렸다.

―모모, 이리 와. 닦자.

대표는 젖은 개를 수건으로 닦았다. 물에 젖은 털이 몸에 달라붙어 통통한 살이 드러났다.

―집에서 하는 일도 없이 모모 살만 찌웠어. 새벽에 모모 산책 좀 시켜요!

대표는 키가 작고 뚱뚱한 편인데 남편에게 소리치는 목소리는 카랑카랑해서 거실을 울렸다.

―알았어, 내일부터 운동시킬게.

대표의 남편이 거실로 나오면서 말했다. 바지 단을 무릎까지 치켜올리고 소매는 팔뚝까지 걷은 채였다. 큰 키에 꾸부정한 그가 대표의 옆에 있으니 늙은 수탉과 같다는 생각이 들었다.

어렸을 때 시골 외갓집에 놀러 가면 커다란 늙은 수탉이 나를 괴롭혔다. 마당으로 나가면 멀리서도 쫓아와 부리로 나를 쪼았다. 나는 소변이 마려워도 마당 귀퉁이에 있는 화장실을 가지 못했다. 그런 수탉이 늙은 암탉한테는 꼼작도 못 하고 도망 다녔다. 암탉에게 수탉이 쫓겨났을 때 화장실에 달려가던 기억이 문득 떠올랐다. 큰 덩치의 남편이 수탉이면 동그란 눈에 잔주름이 많은 대표는 그때 보았던 암탉과 같았다.

신발을 찾아 신고 나가려 하자 개가 길길이 뛰며 짖었다. 방 안에서 자던 강아지도 쫓아 나와 같이 짖었다. 개들도 나를 무시하는 것 같아 한 대 패주고 싶은 생각이 들었다. 나는 가져다줘서 고맙다는 말은 못 듣고 짜증 섞인 말만 들어 은근히 화가 났다.

지하 주차장으로 내려가서 외부 차가 불법 주차했는지 살폈다. 차의 유리에 아파트 로고가 인쇄된 원형 스티커가 붙어 있는지 확인하고 불법 주차 차량은 경고 스티커를 운전석 앞 유리에 붙였다. 한번 경고를 받은 차량은 다시 들어오지 않았다.

대표의 BMW 차량이 3동의 지하 1층 출입구에 서 있었다. 그곳은 장애인 주차구역인데 표시를 무시하고 항상 그곳에 차를 세웠다. 출입구 쪽의 CCTV 카메라가 차의 앞부분을 향하고 있었다. 나는 바닥의 먼지를 손에 묻혀 트렁크 위에 암탉을 그렸다. 동그란 눈가에 주름도 그려 넣었다.

주차장 귀퉁이에 있는 숙소로 갔다. 문을 열자 서늘한 시멘트 냄새가 쏟아 나와 콧속으로 스며들었다. 스위치를 올리자 형광등이 한참 깜박거리다 푸르스름하게 들어왔다. 둥그런 거울에 축 처진 눈과 흰 눈썹의 노인이 나타났다. 모자를 벗자 잔주름이 거미줄처럼 촘촘한 얼굴에 피곤함이 가득했다.

신발을 벗자 하루 종일 갇혀 있던 발이 축축했다. 옷을 벗고 캐비닛에서 깔개, 이불, 베개를 꺼냈다. 전기장판이 깔려있는 바닥에 깔개를 펴고 불을 껐다. 작은 우윳빛 창문을 통해 지하 주차장의 불빛이 좁은 방안에 희미하게 스며들었다. 자리에 눕자 지하의 습한 곰팡이 냄새가 스멀스멀 얼굴을 덮었다. 간혹 주차장으로 내려오는 자동차의 진동이 미세하게 등을 통해 전해졌다. 저녁밥을 평소의 반밖에 안 먹었는데, 그것도 소화가 안 되어 속이 그들먹하였다.

이곳에 누운 지 삼 년이 지났지만 잠자리와 자는 시간이 매일 바뀌니 바로 잠들 수 없었다. 잠은 오지 않고 경수가 결혼한다는 아내의 전화가 머릿속을 맴돌았다. 내 다리에 매달려 "아빠 가지마!" 하며 울부짖던 어린 아들의 모습이 스냅사진처럼 머릿속에 떠올랐다.

그 당시 인테리어 업체들끼리 경쟁이 심해 공사를 따내려면 룸 살롱에서 접대도 해야 하는데 아내는 그것을 이해하지 못했다. 여자와 딴살림을 차린 것도 아닌데 술을 먹고 늦게 들어가면 사사건건 따졌다. 홧김에 아내와 싸우고 집을 나올 때 경수가 열세 살이었다. 이불을 뒤집어쓰며 후회했다. 화가 나도 참아야 했어. 그땐 정말 내가 정신이 나갔지.

*

옆방의 시끄러운 음악소리에 잠에서 깼다. 자다가 깨니 몸이 개운하지 않아 짜증이 났다. 이 년 전 호텔처럼 꾸민 고시텔이라는 팸플릿을 보고 큰맘을 먹고 이곳으로 옮겼다. 냉장고와 에어컨이 있어 여름에 지낼 만하고 단열이 잘 되어있어 겨울에도 춥지 않았다. 또 화장실이 방에 있어 줄을 서지 않아도 볼일을 볼 수 있었다. 그러나 칸막이가 얇아 옆방의 소리가 들리는 것은 고시원과 다르지 않았다. 왼쪽 방에는 공시생이라 밤늦은 시간에 볼펜 딸깍거리는 소리만 들렸다. 그러나 오른쪽 방의 고 씨는 정숙과는 거리가 멀었다. 조용한 밤에는 코고는 소리와 방귀소리가 요란하게 들렸다.

'테스형 세상이 왜 이래' 하는 고 씨의 노랫소리가 크게 들렸다.

그는 항상 노래를 크게 틀고 따라 불렀다. 음치만 간신히 면한 주제에 그의 노래를 들으면 테스형도 배를 잡고 웃을 것 같았다. 그는 카바레에서 춤 선생을 하다 잘리고 요즘은 그곳에서 아르바이트만 조금 한단다. 얼마나 춤을 잘 추는지 몰라도 쥐방울만 한 놈에게 춤을 배우는 사람이 있을까?

고 씨를 보면 참 세상이 공평하지 않다. 트롯만 들어도 기초생활수급자라 매달 돈이 꼬박 들어온단다. 수급자에서 탈락될까봐 소득이 잡히지 않는 알바만 조금씩하고 그냥 먹고 놀았다. 가끔 공공근로를 한다고 공원에서 비둘기 모이 주는 걸 감시했다. 비둘기도 웃을 일을 하며 돈을 받았다. 밤잠을 설쳐가며 아파트 경비를 하며 받는 월급에서 세금을 떼어 고 씨를 먹여 살린다고 생각하면 울화가 치밀어 올랐다.

몇 년 전, 다니던 아파트의 경비원에서 잘려 기초생활수급자가 되려고 신청을 했다. 자식들 소득이 많아 해당이 안 된단다. 자식들이 세금을 많이 내면 그 부모가 혜택을 받아야 하지 않은가? 애를 둘이나 낳은 사람을 지원해 주어야지, 애도 안 낳고 살다가 독고 노인이 되었다고 정부에서 먹여 살리는 것이 맞는 일인가?

의료보험도 그렇지. 실직해서 소득이 없는 사람한테는 받지 말아야지. 대기업에 다니는 아들 밑으로 올리라고 했다. 벼룩이도 낯짝이 있지, 아들이 대학 다닐 때 학비 한 번 보태준 적 없는데, 나는 그냥 지역가입자로 해달라고 했다.

어묵과 멸치조림을 들고 식당으로 가니 황 교감과 고 씨가 밥을 먹고 있었다. 황 교감은 고 씨한테서 춤을 배운다고 요즈음 종일 붙어 다녔다. 늙은 나이에 춤을 배워 무엇에 쓰려는지 한심한 사람들이다. 황 교감이 의자를 빼내며 나에게 앉으라고 권했다. 황 교감은 시골에서 연수학교 교감이었는데 퇴직하고 지금은 주례사를 하며 생활하고 있었다. 주례를 할 사람이 없거나, 주례 맡은 사람이 갑자기 일이 생겼을 때 돈을 받고 주례사를 해준다. 날라리고 씨는 주는 것 없이 밉고, 황 교감은 무슨 일이든 사람을 가르치려 해 싫었다. 그래도 이곳에서 어울릴 사람은 나이가 비슷한 그들뿐이었다.

─식사가 늦었네.

황 교감이 컵에 물을 따라주며 말했다. 나는 새벽에 들어와 자고 일어나면 이 시간이 되지만. 뻔뻔히 노는 사람들이 끼니때도 못 맞추나, 하고 속으로 빈정거렸다.

─어제 황 교감 덕분에 포식을 했더니 밥 생각이 없어.

고 씨가 배를 두드리며 말했다.

─정 씨가 근무만 아니면 데려가는 건데. 어제 H호텔에서 주례사가 있었어.

호텔의 결혼식에 가면 예식이 끝나고 식권이 없어도 양식으로 먹을 수 있다. 그래서 나도 여러 번 황 교감을 쫓아가서 칼질해 본 적이 있었다.

—요즈음 기력이 달리는데, 영양 보충하러 갈 만한 데 없어.

나도 어제 쫓아갔어야 하는데, 동물성이라고 먹는 것이 멸치 나부랭이뿐이니 갑자기 고기가 먹고 싶어졌다.

—가만있어봐. 오늘 3시에 S웨딩홀에서 우리 ○○운동본부 이사가 주례사를 한다고 했는데, 거기 가면 스테이크를 먹을 수 있어.

양복을 입고 예식장에 가서 하객처럼 하고 밥을 먹은 적이 가끔 있었다. 웨이터가 가져다주는 스테이크를 먹으며 사람들을 따라 박수를 쳤다. 혼주들이 좌석에 인사를 다니기 시작하면 자리에서 일어났다. 그래서 디저트와 커피는 못 먹는 경우가 많았다.

늦은 시간이라 밥솥에 밥이 조금밖에 없었다. 밥을 싹싹 긁어 담고, 국솥에서 김칫국을 조금 퍼서 자리에 앉았다. 그 사이 고 씨가 내 반찬을 거의 바닥을 내고 자리에서 일어났다. 밥 생각이 없다더니. '에이, 저걸 어떻게 골탕 먹이지.' 좋게 봐주려 해도 하는 짓이 언제나 밉상이다. 식당에는 밥과 김치 그리고 국이 준비되어 있는데 반찬은 각자 들고 와서 먹는다. 고 씨는 숟가락만 들고 여기저기 빌붙어 반찬을 얻어먹었다. 황 교감이 웃으며 자기가 갖고 온 오징어채볶음을 내 앞에 밀며 대충 먹고 세시에 잘 먹으라고 말했다.

그 사이 고 씨는 키싱구라미와 놀고 있었다. 먹이를 조금씩 물

위에 주면 물고기가 올라와서 큰 입을 벌리고 채어갔다. 그가 작년에 이사 오면서 가져온 것인데 방이 좁다고 휴게실을 겸한 식당에 두었다. 수초 사이를 헤엄치는 열대어를 한참 보고 있으면 물멍이 온다고 했다. 열대어가 키스하는 것을 보고 있으면 잡념이 없어지고 멍때리게 된단다. 정말 할 일이 없어 하는 짓거리다. 나처럼 밤새 경비를 하다 오면 멍때릴 시간이 어디 있어 그 시간에 잠을 더 자지.

열대어 때문에 내가 망한 것을 생각을 하면 수조를 대번 박살내고 싶지만 남의 것이라 그렇게 하지 못했다. 열대어를 관상용으로 집에서 기르기 시작할 때 나는 열대어 수족관을 인테리어에 이용했다. 신축 빌라의 인테리어를 맡으면 주방과 거실 사이에 수족관을 설치하고 구피와 제브라다니오를 넣었다. 구피는 화려한 색상과 넓은 꼬리가 보기 좋고, 제브라다니오는 길게 뻗은 줄무늬가 시원하고 움직임이 날렵했다. 그들의 군무는 역동적이라 아이들과 주부들이 좋아했다.

십여 년 전, 나는 신축하는 호텔의 로비 인테리어공사를 맡았다. 로비에 세 개의 대형 수족관을 놓기로 설계하였다. 그곳에 열대어를 넣기로 하고, 남미가 원산지인 플라밍고 시클리드, 엔젤피시. 동남아가 원산지인 버터플라이피시, 키싱구라미. 아프리카가 원산지인 브리샤르디, 에트로피엘라를 준비했다. 서너 달 밤낮으로 공사를 마치고 수족관까지 설치했으나 열대어를 넣기도 전에 호텔을 발주한 회사가 부도가 났다. 시공회사가 연이어 도산하여 나도 부도를 피하지 못했다. 그 후로 열대어는 꼴도 보기 싫었다.

*

　S웨딩홀은 전철역에서 가까운 대로변에 있어 황 교감이 메모지에 대충 그려준 약도를 보고도 쉽게 찾았다. 궁전 모양의 건물 위에 뾰족하게 설치한 탑이 멀리서도 보였다. 웨딩홀은 사십여 년 전 내가 결혼한 예식장보다 열 배 정도 큰 것 같았다. 내 결혼식은 백 명 정도 들어가는 작은 홀에 예식 시간도 한 시간밖에 주지 않아서 식이 끝나고 사진 찍기가 바빴다. 그 당시. 하객들에 식사를 주지 못하게 하여 축의금을 내면 답례품을 주었다. 답례품으로 우산, 타월, 찹쌀떡 등을 주었는데, 나는 종로복떡방의 찹쌀떡을 돌렸던 기억이 생생했다.

　현관에는 오색테이프를 두른 차에 방금 예식을 마친 신랑신부가 타고 있었다. 신랑은 마냥 좋은지 웃음이 그치지 않았지만 신부는 아직도 긴장한 표정이었다. 나도 저런 때가 있었는데……. 내 결혼식에 친구가 포니를 가지고와서 운전을 해 주었지. 북악 스카이웨이 전망대에서 커피를 마시고, 김포공항으로 가는 길에 인공폭포에서 사진을 찍었지. 제주도는 경비가 많이 들어 부산으로 갔지만 그래도 비행기를 타고 갔어. 시간을 돌려 그때로 다시 돌아갈 수만 있다면…….

현관을 들어가자 넓고 높은 로비가 나왔다. 어디로 가야 하지? 예식 홀은 3층에서 5층까지 세 개 층이었다. 주례가 황 교감과 종 씨라고 했는데, 주례이름을 써놓은 곳은 어디에도 없었다. 주례하고 아는 사이도 아닌데 아무 곳이나 가야지. 그래도 공밥을 먹으려면 결혼하는 사람 이름은 알아야지. 로비의 한쪽 벽에 결혼하는 사람들 이름이 적혀 있었다. 시간 순서로 읽어 가던 나는 3층 6시라고 쓰인 곳에서 시선이 멈췄다. 신랑 칸에 이정숙 여사 장남 정경수라고 쓰여 있었다. 아들의 결혼식 장소였다. 갑자기 머리를 망치로 얻어맞은 것처럼 땡하며 머릿속이 하얘졌다. 어떻게 하지? 옷차림을 살펴보니 오래된 감색 한복이 후줄근했다. 이런 차림으로 참석하면 안 되겠지.

집으로 돌아가려다가 그래도 경수라도 멀리서 보고 가야지 하고 마음을 고쳐먹었다. 3층에 올라가니 3시 예식이 막 시작되어 접수하는 사람만 남아 있었다. 나는 구석의 빈 소파에 자리 잡고 앉았다.

경수가 어떻게 변해 있을까? 시간이 많이 흘러 그런지 어릴 때 모습도 가물가물하며 경수에 대해서 생각나는 것이 별로 없었다. 어린 경수가 놀이동산에 가자고 하는 것도 흘려듣고 모른 척했다. 바쁘다는 핑계로 딸의 초등학교 졸업식에도 가지 않았다. 지금 생각하면 캠핑도 가고, 졸업식에 가서 사진도 찍고, 가끔 가족과 같이 외식도 했어야 하는데……. 나 자신 애들이 어떻게 컸는지 모르는데, 애들은 아버지의 무엇을 기억하고 있을까? 옆집 아저씨 같았겠지.

5시가 되었는데 경수는 오지 않았다. 3층에 그대로 있으면 처갓집 식구들과 부딪칠 것 같아 로비로 내려갔다. 그러다가 하마터면 아내와 맞닥뜨릴 뻔했다. 에스컬레이터를 타고 일층으로 내려가는데 아내와 딸이 웨딩홀 안으로 들어오고 있었다. 곱게 꾸며서 그런지 아내는 오십 대로 보였다. 십여 년 전 마지막으로 보았을 때보다 젊어 보였다.

호텔 인테리어 공사에 부도가 나서 빚쟁이들에 쫓겨 다닐 때였다. 아이들 양육비를 오랫동안 보내지 못해 사정을 하러 변두리 시장에서 반찬가게를 하는 아내를 찾아갔다. 멀찌감치 떨어져 가게 안을 들여다보니 아내는 싱크대에서 배추를 씻고 있었다. 작은 키에 바닥에 끌릴 듯 두른 앞치마에서 물이 뚝뚝 떨어졌다. 아내를 보는 순간 주눅이 들어 마주할 자신이 없었다. 가게로 들어가서 내가 할 게 하고 아내의 고무장갑을 뺏을 용기가 없었다.

아내는 벽돌색 치마에 파란 저고리의 한복을 입었고 딸은 검정색 투피스 차림이었다. 딸의 손을 잡고 아장아장 걷는 남자아이는 외손자인 것 같았다. 아내보다 키가 훨씬 큰 딸은 어려서 나를 많이 닮았었는데, 그 모습이 많이 남아 있었다. 내가 저기에 같이 있어야 하는데…… 왜 여기에 혼자 있지? 갑자기 눈물이 핑 돌아 황

급히 화장실로 뛰어 들어갔다. 마음을 가라앉히고 나오자 엘리베이터를 타는 아내의 뒷모습만 보였다.

*

월요일은 아파트에서 재활용품을 수거하는 날이다. 주민들이 가져온 재활용품을 옥외주차장에서 받았다. 주민들이 둥그런 컨테이너 안에 종이를 버리고 가면 나는 큰 박스 속에 종이들을 눌러 담았다. 작은 박스는 발로 밟고 찢어서 넣었다. 다 채워진 박스는 한군데 쌓아 놓았다. 폐지는 백 상자 이상 나왔고, 신문과 책은 따로 모아서 끈으로 묶었다. 일이 어렵지는 않았으나 박스를 발로 펴는 일이 많아서 이런 날 밤에는 발바닥이 화끈거려 잠이 오지 않았다.

101동 할머니가 오늘도 따뜻한 커피를 큰 종이컵에 가져왔다. 할머니는 여름에는 시원한 음료수를 겨울에는 따뜻한 차를 타다 주었다. 할아버지가 2년 전에 돌아가시고, 양자로 삼은 아들이 식구들과 작년에 캐나다로 이민을 가서 혼자 살았다. 외로워선지 옆에서 작업하는 걸 보며 한참 동안 얘기를 하곤 했다. 웬일인지 오늘은 커피를 건네주고 말도 없이 바로 들어가셨다. 할머니는 오늘따라 기력이 없고 등이 더욱 굽어 보였다.

화단의 돌에 앉아 커피를 마셨다. 따뜻하고 달콤한 액체가 들어가자 몸에 생기가 돌았다. 신발을 벗고 발바닥을 주물러 발의 피로를 풀었다. 봄기운을 품은 부드러운 바람이 불어오고 겨우내 누렇던 잔디에서 파랗게 새싹이 머리를 내밀었다. 올라오는 새싹을 보니 어제 처음 본 외손자가 떠올랐다. 딸의 손을 잡고 아장아장 걷던 모습이 자꾸 눈에 밟혔다.

103동에서 누군가 박스를 들고나왔다. 박스 두 개를 포개 들어 얼굴은 보이지 않았으나 언뜻 103동 대표라는 생각이 들었다. 나는 자리에서 일어나 들고 오는 박스를 달려가서 받았다. 생각한 대로 대표였다.

박스를 건네고 대표는 그 자리에 서 있었다. 왜 안 가지? 무슨 트집을 잡으려나? 대표의 얼굴에 등나무 그림자가 그물처럼 내려앉았다. 바람에 흔들리는 그림자는 문신을 한 짙고 굵은 눈썹과 동그란 눈 위에 가면처럼 어른거렸다. 나는 대표의 시선을 피하려고 고개를 숙이고 빈 박스에 부지런히 종이를 주워 담았다.

대표가 간 후에 박스를 열었다. 개 소변에 흠뻑 젖은 배변 패드가 섞여 있어 지린내가 진동했다. 나는 집게를 가져와서 재활용이 안 되는 것을 골랐다. 배변 패드, 보냉팩, 케찹통, 스티커가 붙은 비닐 등 절반을 골라서 종량제봉투에 넣었다.

새벽이 되자 하늘에서 안개가 슬금슬금 땅으로 내려왔다. 어둠에 묻혀 희미하게 보이던 아파트의 낮은 층마저 안개는 야금야금

집어삼켰다. 경비실 앞의 가로등도 달처럼 둥근 전구만 남겼다. 안개에 포위된 나는 이곳에 홀로 팽개쳐진 것 같았다. 짙은 안개에 녹아버릴 것 같아 숨이 막히고 가슴이 답답해졌다.

밤의 시간은 항상 더디게 흘렀다. 벽에 걸린 둥근 시계의 초침은 바쁘게 움직이지만 분침은 졸고 있었다. 시계가 나타내는 시간의 간격은 일정하지만 밤에 흐르는 시간은 확실히 길게 느껴졌다. 오늘같이 안개가 짙은 날은 시간마저 안개에 갇힌 것처럼 느리게 흘렀다.

'텅텅', '텅텅', 지루하게 멈추었던 시간을 깨운 것은 신문 배달이었다. 안개를 뚫고 고물 오토바이가 불쑥 나타나 경비실 앞에서 멈췄다. 낡은 헬멧을 쓴 배달부는 작은 창문을 열고 조간신문과 경제신문을 한 부씩 던지고 아파트 안으로 들어갔다. 이어서 새벽 배송과 우유배달 등이 번갈아 다녀가면 안개는 서서히 걷히고 시간은 빠르게 정상으로 돌아왔다.

아파트에서 길을 따라 개 한 마리가 걸어 나왔다. 누런 요크셔테리어였다. 여기저기 냄새를 맡으며 걷다 서다를 반복하였다. 개를 잡을까? 잡으면 물지 않을까? 망설이는 사이에 개는 경비실 앞까지 다가왔다. 차단기의 번쩍이는 빨간 LED 등을 보고 개가 멈췄다.

이때 멀리서 개를 부르는 소리가 들렸다. 개는 잠시 뒤돌아보더니 고개를 돌리고 앞으로 걸어 나갔다. 나는 개가 나가지 못하게 출구 차단기를 빠르게 들어 올렸다. 올라가는 긴 막대에 놀란 개는 밖으로 내달렸다. 큰길에서 달리던 차가 끽하고 멈추며 경적을 울렸다. 개는 더 빨리 뛰어 안개 속으로 사라졌다.

큰 키에 등이 꾸부정한 남자가 강아지 두 마리를 안고 경비실로 왔다. 3동 대표의 남편이었다. 나는 조금 전에 개가 밖으로 뛰어나갔다고 말하며 방향을 알려 주었다. 남자는 강아지 두 마리를 경비실 안에 내려놓고 종종걸음으로 쫓아갔다. 며칠 전, 대표가 남편한테 새벽에 모모에게 운동시키라고 한 말이 생각났다. 나간 개는 3동 대표네 모모였고 개를 잡지 않은 것이 은근히 걱정되었다.

강아지 두 마리는 낑낑거리며 밖으로 나가겠다고 조르며 번갈아 의자 밑동에 오줌을 지렸다. 냄새가 날까 걸레를 빨아서 바로 훔쳤다. 강아지까지 뛰쳐나갈 것 같아 문을 꼭 닫았다. 모모가 돌아오나 하고 목을 빼고 바라보았지만 여섯 시가 되어 퇴근할 때까지 남자도 개도 나타나지 않았다.

*

'쾅, 쾅.'

누군가 출입문을 세게 두드렸다.

—누구요?

내일 새벽에 일을 가려고 일찍 자리에 누워 잠을 재촉하는 중이었다. 나는 귀찮아서 누운 자리에서 소리쳐 물었다.

—나야, 고 철수.

—무슨 일이야, 자려고 누웠는데.

—문 좀 열어 봐, 물어볼 게 있어.

나는 슬리핑백 속에서 몸을 빠져나와 의자에 걸쳐둔 바지를 입고 문을 열었다.

—정 씨가 어항에 무얼 넣었어?

고 씨는 이마에 깊은 주름을 새기며 심각한 표정으로 따지듯이 나에게 물었다.

—자다가 봉창 두드리나 갑자기 무슨 말이야?

째려보는 그의 표정이 강력해 나는 살며시 고개를 돌렸다.

—열대어에 반점이 생겼어. 정 씨가 어항에 무얼 넣는 것을 관리아저씨가 보았대. 도대체 뭘 넣은 거야?

—열대어가 어떻게 됐다고?

나는 속으로 뜨끔하였지만, 겉으로는 태연하게 말하고, 윗도리를 걸치며 식당으로 천천히 걸어갔다. 식당에는 황 교감이 열대어를 살피고 있었다.

—저기 귀퉁이에 있는 놈이 이상해졌어, 이것 봐 몸에 반점이 생겼잖아.

고 씨는 열대어가 죽기라도 한 듯 비명을 지르며 호들갑을 떨었다.

-고 씨 사진을 찍어 전문가에 물어봐.

황 교감도 고 씨와 어울리더니 똑같이 물든 것 같았다. 까짓것 죽으면 건져 쓰레기통에 넣으면 되지. 뭐가 걱정이야. 고 씨가 하는 짓이 얄미워, 한 달 전부터 수조에 식초를 조금씩 넣었다. 마지막 넣은 지 일주일이 넘었는데, 이제 효과가 나타나나?

-내가 어항에 뭘 넣어서 저렇게 되었다고? 관리아저씨는 어디 갔어?

나는 일부러 크게 소리를 질렀다.

-정 씨 흥분하지 마, 관리아저씨가 어제 새벽에 어항 옆에 있는 정 씨를 봤다고만 했어.

-일 가는 날은 새벽에 여기서 미숫가루를 타 먹는데, 내가 열대어 자는 걸 깨웠나? 그렇다면 어항을 자기 방으로 들여가야지.

내가 식초 넣는 것을 본 것은 아니었다. 이곳에 어항이 있어 불편하다고 말하는 사람도 여럿 있었다. 그래서 나는 목소리를 크게 높였다.

-여기서 이러면 사람들이 시끄럽다고 야단해. 편의점으로 가서 얘기해. 내가 한 잔 살게.

황 교감은 나를 잡아끌고 엘리베이터 버튼을 눌렀다. 나는 마지못한 듯이 끌려갔고, 고 씨는 뒤에서 천천히 우리를 따라왔다. 나는 편의점 밖에 있는 탁자에 가서 자리를 잡았다. 그사이 황 교감은 안으로 들어가서 술과 안주를 사왔다.

－키싱구라미가 서로 좋아해서 키스한다는데 그것은 잘못된 거야. 자기의 영역에 들어온 상대를 밀어내는 거야.

식초가 어항을 오염시켜 스트레스를 받은 것일까? 나는 물고기를 살릴 방법을 생각하며 전에 들은 지식을 고 씨에게 알려주었다.

－키스하는 게 아니라고?

고 씨는 무슨 뜬금없는 말인가 하고 물었다.

－그럼, 그래서 밀린 놈은 스트레스를 받아 반점이 생기고 구석에 숨은 거야. 키싱구라미는 동남아의 강에 사는데 식용을 하는 큰물고기야. 저 열대어는 어항에서 키울 수 있게 관상용으로 개량한 거야. 내가 예전에 인테리어 할 때 열대어를 취급해 봐서 아는데, 점이 생긴 놈은 영역 싸움에서 밀려서 구석에 있는 거야.

－스트레스 때문에 점이 생긴 거라고?

황 교감은 소맥을 마시면서 관심을 갖고 물었다.

－내가 보기에는 그래. 내일 낮에 찍은 사진을 전문가에게 보여 봐. 작은 어항에 셋이 살기에는 너무 좁아. 어항을 하나 사다가 병든 놈은 빨리 빼내서 치료해야 해. 지금 어항의 물도 갈아 줘야 해.

－정 씨 말이 맞는 것 같아. 우리도 영역 싸움에서 밀려서 여기에 있는 거잖아. 카바레에서 고 씨도 젊은 춤 선생한테 밀렸잖아. 나도 이사장 아들이 오는 바람에 밀려났어, 정 씨도 부도를 맞아 여기까지 밀린 거야. 우리도 마음에 반점이 생겼을 거야. 이제 여

기서도 더 밀리면 갈 곳도 없어.

작은 열대어도 자기 영역을 지키는데, 아내가 쫓아낼 때 어떻게 하던 아버지 자리를 지켰어야지. 부도가 났을 때 도망 다니지 말고 무슨 수를 써서라도 견디며 버텼어야 해. 나는 지난 일이 후회되어 술을 벌컥벌컥 들이켰다.

*

겨울보다 한껏 높아진 햇살이 꼿꼿하게 화단을 내리비췄다. 화단 안의 양지바른 곳에는 자그마한 보랏빛 제비꽃이 여기저기 보이고 화단 경계에 서 있는 벚나무는 수일 내로 꽃망울을 터트릴 것 같았다.

오후가 되자 아파트에 드나드는 차가 없어 한가했다. 어제 황교감, 고 씨와 늦게까지 술을 마셔서 그런지 몸이 나른해지고 식곤증이 왔다. 반장에 교대해 달랄까 뒤를 돌아보니 그는 장의자에 앉아 머리를 벽에 기댄 채 졸고 있었다.

아파트 쪽에서 103동 대표와 모모가 걸어 나왔다. 모모는 밖으로 나가는 것이 즐거운지 묶인 줄을 앞에서 끌었다. 며칠 전 새벽에 아파트를 나간 모모를 멀리 떨어진 곳에서 찾아왔단다. 그래서 남편은 아침에 강아지 두 마리를 대표는 오후에 모모를 산책시켰다. 빠르게 걸어 나오던 모모는 차단기를 보자 그 앞에 멈췄다. 나

는 창문을 열고 대표에 인사하며 "모모, 잘 다녀와" 하고 소리쳤
다. 대표가 손을 들어 모모 대신에 답해 주었다. 부드러운 봄바람
이 창문을 통해 경비실 안으로 밀려 들어왔다.

이때 경적을 울리며 119구급차가 아파트에 들어왔다. 나는 얼
른 차단기를 수동으로 올렸다. 구급차는 101동 쪽으로 곧장 달려
갔다. 아파트를 나가던 모모는 깜짝 놀라 대표의 다리에 바짝 붙
어 섰다. 장의자에서 졸고 있던 반장은 모자를 쓰고 구급차를 따
라갔다.

잠시 후에 구급차는 나가고 반장에게서 연락이 왔다. 재활용 수
거 때마다 커피를 타다 주던 할머니가 탈진해서 실려 갔다고 했
다. 감기에 걸려 며칠 아팠는데 돌봐주는 사람이 없으니 끼니도
거른 것 같았다. 나는 그동안 음료수만 받아먹었지 한 번도 할머
니를 살갑게 대한 적이 없었다. 다음에 할머니가 커피를 타다 주
면 말동무도 하고 필요한 것이 있는지 물어봐야지.

의자에 가만히 앉아 있으니 눈꺼풀이 자꾸 내려앉으며 하품이
났다. 대표가 산책에서 돌아올 때가 되었는데 졸고 있으면 안 되
지. 졸음을 쫓으려고 휴대폰을 꺼내 갤러리를 열고 아들의 사진을
꺼내 보았다.

며칠 전, 나는 결혼식장을 그대로 떠날 수가 없었다. 그래서 여
섯 시가 조금 지나 3층 예식장에 다시 올라갔다. 예식은 이미 시
작되어 사람들은 식장으로 들어가고 로비는 텅 비었다. 나는 식장

입구에 설치된 커다란 모니터 앞으로 가서 예식 장면을 지켜보았다.

주례의 혼인 서약 순서가 진행되고 있었다. 주례 앞에 오른손을 들고 서 있는 경수와 며느리가 보였다. 큰 키의 경수는 주연 배우 같고, 흰 드레스의 며느리는 하늘에서 내려온 천사와 같았다. 나는 휴대폰을 꺼내 예식 장면을 동영상에 담았다. 마지막 순서로 부모님께 인사하는 순서가 되자 경수는 바닥에 넙죽 엎드려 큰절을 했다. 혼자 앉은 아내에 큰절을 하는 경수를 보자 눈물이 핑 돌아 나는 더 이상 그곳에 있을 수가 없었다.

결혼식이 끝나길 기다려 신혼여행을 가려고 차에 탈 때 기둥 뒤에서 사진을 찍었다. 사진에서 아들의 얼굴을 확대해 보면 아내를 많이 닮았지만 눈과 코는 내 모습도 언뜻 보였다. 키가 크지만 얼굴이 작은 며느리는 귀여운 인상이었다. 분홍색 하늘하늘한 드레스가 어울려 며느리는 영화 속의 여주인공과 같았다. 부부가 닮으면 잘산다고 했는데 눈, 코, 입이 아들과 서로 닮은 것 같았다. 뒤에는 배웅하는 딸도 찍혀 있었다. 밤에 찍은 사진이라 선명하지는 않았지만 얼굴의 윤곽만 보아도 그들의 모습이 떠올라 마음이 푸근해졌다.

커다란 이삿짐 차와 사다리차가 아파트로 들어왔다. 102동 702호에 들어간다고 했다. 며칠 전에 수리한 집에 오늘 이삿짐이 왔다. 차가 들어온 시간을 경비일지에 적었다. 볼펜을 쥔 손에 따스한 봄볕이 내리비쳤다. 밝은 햇빛이 비치는 손바닥에 깊은 주름이 여럿 보였다. 갈라진 주름은 굴곡진 삶의 흔적처럼 아련하게 느껴졌다. 칠십을 바라보는 나이만큼의 세월이 그곳에 고스란히 남아 있었다.

그사이에 휴대폰의 화면이 꺼졌다. 휴대폰을 다시 켜고 갤러리에서 제일 선명하게 나온 사진을 찾아 배경화면으로 설정하였다. 이제 휴대폰을 켜면 항상 아들과 며느리 그리고 딸의 모습이 나타나겠지. 애들의 사진을 바라보는 내 가슴이 따스한 봄볕보다 더 포근해지는 것을 느꼈다.

아내의 향기

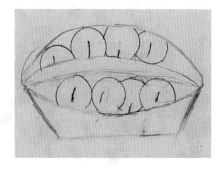

오후 2시 21분.

마트의 과일 코너에서 아내를 기다렸다. 진열대에는 노란 황도가 투명한 셀로판 창을 통해 뽀얀 자태를 뽐냈다. 옆자리에는 하얀 분을 바른 백도가 귀퉁이에 발그레한 색을 띠며 향기를 내뿜었다. 숨을 크게 들이마시며 복숭아의 향기를 맡았다. 황도는 진한 향기가 달콤하고, 백도는 연한 향기가 상큼하다. 나는 두 향이 어우러진 냄새를 즐겼다. 그 향기는 아내를 처음 만났을 때 나를 설레게 했던 것과 같은 냄새다. 풀냄새가 가시고 막 익은 찰나의 냄새를 맡으면 지금도 마음이 설렌다.

아내를 처음 만난 곳은 전통시장 안에 있는 작은 내복 가게였다. 운전병으로 군대를 마치고 제약회사의 배달사원으로 취직했을 때였다. 첫 월급을 타서 그 당시 사람들이 하던 대로 부모님의 빨간 내복을 사러 갔다. 내복에 대해서 아무것도 모르던 나에게 여주인이 친절하게 설명을 해주었다. 내복을 예쁘게 포장해서 건네는 여자에게서 향긋한 복숭아 냄새가 났다. 그 향기에 심장이 찌릿하게 아프며 나는 숨을 쉴 수가 없었다.

처음 아내를 만났을 때를 기억하고 있는데 날카로운 냄새가 코를 찔렀다. 여러 가지 가공된 향이 뒤엉켜 역겨웠다. 젊은 여자의 진한 화장품 냄새가 복숭아 향기를 집어삼켰다. 빨간 매니큐어를 바른 손가락으로 셀로판 속의 복숭아를 여기저기 눌렀다. 복숭아의 비명이 들리는 듯했다. 달고 싱싱한 복숭아를 고르려면 향이 진하고 솜털이 많은 것을 고르면 되는데……. 아내가 복숭아를 두 상자나 사던 지난날이 문득 떠올랐다.

―아가씨, 이거 한 박스 들고 가세요.

―아주머니는 왜 나한테 가져가라고 그러세요.

―복숭아는 손으로 누르면 금방 상해요. 만진 것은 오늘 중에 드세요. 두 박스나 눌렀잖아요. 한 박스는 내가 사 갈 테니……. 아내는 백도 한 박스를 내가 끌고 간 카트에 실었다. 아가씨는 기분 나쁜 표정을 지으며 복숭아를 카트에 넣고 다른 코너로 가버렸다.

―호야가 늙어서 사료를 잘 안 먹어.

호야는 열세 살 된 푸들이다. 애견 코너로 가서 아내가 메모해 온 개 간식 다섯 캔을 마지막으로 카트에 싣고 계산대로 향했다.

계산대 앞에 오자, 조금 전의 여자가 복숭아를 계산대 밑에 빼놓고 마트를 빠져나가고 있었다. 필요한 것만 장을 보는 아내는 그 복숭아도 우리의 카트에 실었다.

—애들 집에 들러 복숭아를 나눠 주고 가야지.

나의 말에 찡그렸던 아내의 얼굴이 활짝 펴졌다.

평일 오후라 마트에 손님이 없어 한산했다. 이때 정육 코너에서 30년 전통 S가든 양념불고기가 50% 할인한 가격으로 2시 30분부터 열 분에 한하여 드린다는 방송이 흘러나왔다. 카트를 그 자리에 두고 방송하는 곳으로 달려 가보았다. 세 명이 줄을 서서 시간이 되기를 기다리고 있었다. Kg 단위로 판다고 하니 혼자 먹기에 많은 양이었다. 나는 카트 있는 곳으로 다시 돌아왔다.

작년 여름에 세상을 떠난 아내가 보고 싶으면 나는 이곳에서 아내를 기다렸다. 오늘도 어김없이 아내는 초록색 등산복 차림으로 마트에 나타났다. 아내가 죽었을 때 입었던 옷차림이다. 빛바랜 아내의 등산복을 보니 오늘도 가슴이 쓰리고 아프다. 아내는 나와 애들 것을 먼저 챙기다 보니 자신의 옷은 변변한 것이 없었다. 생전에 내가 살폈어야 했는데…….

나는 손을 흔들며 아내가 있는 곳으로 카트를 끌고 갔다. 아내는 사과가 있는 진열대로 가서 햇사과를 집어 들었다. 홍로였다. 아내는 빨간색이 진하며, 표면이 조금 거칠고, 꼭지가 마르지 않은 사과를 다섯 개 골랐다. 나도 아내한테 배워 맛있는 사과를 고를 수 있지만 아내가 고르도록 내버려 두었다.

가공식품들이 진열된 곳으로 가서 아내는 중면을 골랐다. 100그람당 표시된 가격을 살피며 가장 싼 국수를 두 봉 실었다. 내가 쉬는 날에는 아내는 점심으로 국수를 자주 해 주었다. 아내는 공산품 코너에서 물휴지와 샴푸를 사고 나는 면도기를 실었다. 가전 코너로 가서 금년에 새로 나온 가전제품을 아내와 살펴보다가 계산대에 카트를 밀고 들어갔다.

―어르신, 면도기밖에 사신 게 없으세요?

계산원은 큰 카트 속을 들여다보며 이상한 표정으로 나에게 물었다. 카트 안에는 아내가 산 물건은 보이지 않고 달랑 면도기만 하나 들어 있었다. S가든 불고기를 할인한다는 방송이 다시 시끄럽게 들리기 시작했다. 계산을 하고 영수증을 확인했다. 면도기 1개 3,000원, 시간은 14시 26분으로 찍혀 있었다.

아내가 벌써 가버렸나? 섭섭한 마음에 주위를 둘러보아도 아내의 모습은 보이지 않고 아내와 장을 본 시간은 흐르지 않고 그대로 멈춰 있었다.

*

길가의 느티나무가 누렇게 물들어 바람이 불 때마다 나뭇잎이 분분히 차위로 떨어졌다. 아침 일곱 시에 집에서 택시를 끌고 나왔는데 계속 손님이 연결되어 다리가 뻐근했다. 조금 이른 시간이지만 점심을 먹어야지, 하고 근처에 있는 기사식당으로 향했다. 식당에 거의 도착했는데 좁은 골목에서 여자가 달려 나와 빈 차를 보고 급히 손을 들었다. 나는 급정거하여 차를 세웠다.

─고속버스 터미널로 빨리 가주세요. 열두 시에 떠나는 차를 타야 해요.

차를 탄 중년 여자는 기사가 노인인 것을 알고 실망한 표정이었다. 나는 내비게이션에 목적지를 넣고 빠른 길을 검색하니 도착 예정 시간이 11시 45분이었다.

─11시 45분에 도착으로 나오네요.

시간 안에 도착한다니 여자는 찌푸렸던 얼굴을 폈다.

차가 남부순환도로는 밀리지 않고 왔는데 법원 언덕을 넘어서자 터미널까지 차들이 꽉 차 있었다. 시간을 맞추어야 하는데 차들이 움직이지 않았다. 차가 조금씩 움직이자 그 사이로 차들이 계속해서 끼어들었다. 나이가 들면 순발력이 떨어져 앞차와의 간격을 넉넉히 하는데 대형버스까지 끼어들어 앞을 막았다.

─아버지가 위독해서 언니가 표를 사놓고 기다리는데……. 저 새끼들은 자꾸 앞으로 끼어들고 지랄이야.

잽싸게 가지 못하는 나한테 욕을 하는 것 같아 등에서 식은땀이 났다. 삼사 분이면 갈 수 있는 거리지만 차들이 밀려있어 안심

할 수 없었다. 신호등이 파란 주행신호로 바뀌자 나는 비상깜빡이를 켜고 차들을 피해 우회전 차선으로 들어갔다. 차선 위반을 하여 간신히 두 번의 사거리를 건넜다. 십 분 전 열두 시였다. 할 수 없이 보도도 없는 화단에 여자를 불법 하차시켰다.

　─여기서 내리세요. 화단을 돌아가면 바로 호남선 터미널로 가는 횡단보도가 있어요. 우회전 차를 조심해서 건너세요.

　여자는 택시 요금을 앞자리에 던지고, 뒤도 돌아보지 않고 차 사이를 빠져나갔다.

　고속터미널 택시 승강장에 들어가자 정각 열두 시였다. 앞에 택시가 여러 대 있었지만 기다리지 않고 바로 내 차례가 왔다. 몇 달 전까지 내가 살던 동네로 가는 할머니였는데 곱게 늙은 모습이 편안해 보였다. 아내도 저 할머니처럼 편안한 노후를 만들어 주었어야 하는데 내가 능력이 부족하여 아내를 일찍 보낸 것이 안타까웠다.

　할머니를 내려드리고 서행하는데 초록색 등산복 차림의 여자가 앞에 걸어가고 있었다. 내가 살던 아파트 쪽으로 꺾어 드는 뒷모습이 아내와 비슷했다. 나는 비상 깜빡이를 켜고 보도에 차를 바싹 붙여 세웠다. 재빨리 내려 그 여자를 쫓아갔다. 발걸음 소리에 여자가 뒤를 돌아보았다. 아내가 아니었다. 아침부터 계속해서 운전했더니 눈이 침침해서 착각을 했나? 조금 쉬었다 가야지. 아파트의 벤치에 가서 앉았다. 화단에 빨갛게 물든 단풍나무를 보며 이곳에서 아내와 같이한 지난날을 되돌아보았다.

아버지가 공무원인 나는 삼형제 중 막내로 태어나서 절약이라고는 모르고 살았다. 휴지를 손으로 둘둘 말아 길게 떼어내 코를 풀었고, 국에 말은 밥도 먹기 싫으면 그대로 남겼다. 반면에 아내는 가난한 농가의 맏딸로 태어났다. 중학교를 졸업하고 서울로 올라와 청계천 의류도매시장에 취직했다. 그곳에서 몇 년 동안 장사를 배우고 돈을 모아 시장에 작은 가게를 얻어 내복가게를 열었다. 그리고 여동생 두 명을 서울로 데리고 와서 공부시켰다. 적은 수입으로 동생들과 먹고살며 공부시키려 절약이 몸에 배었다. 두루마리 휴지도 두 눈금만 사용하고 음식물도 잔반으로 버리지 않았다.

아내는 나와 결혼하여 세 아이를 낳고 키우면서도 속옷 가게를 계속했다. 가게가 번창하여 대로변에 큰 가게로 옮겼다. 수입이 늘어도 알뜰하게 살림하여 아파트를 살 때 받은 대출을 갚고, 외환위기 때 내가 실직하자 개인택시를 사주었다. 그리고 세 아이를 대학교에 보내고, 제 나이에 결혼도 시켰다.

그러나 주거 공간이 아파트로 점차 바뀌며 젊은 사람들은 내복을 입지 않았다. 속옷은 패션화되고 내복은 기능성으로 바뀌어 아내가 파는 내복의 수요는 점점 줄었다. 다행이도 내가 개인택시로 버는 수입이 있어 아내는 딸을 시집보낸 후에 가게를 정리하였다.

아내에게 위기가 찾아온 것은 이 년 전이었다. 아내의 고향 친구에게 아파트를 담보로 빌려준 것이 문제가 되었다. 담보를 빌려 쓴 친구의 아들이 사기를 당해 그것을 아내가 대신 갚게 되었다. 은행에서 이자 독촉은 오는데 친구는 전화를 받지 않았다. 내 수입으로 이자가 감당이 안 돼, 아내는 식당에서 김밥을 말고 설거지도 하고 여기저기 힘든 일을 다녔다.

아파트를 팔아서 빚을 갚고 친구의 일은 그만 잊으라고 여러 번 얘기했지만, 큰돈을 대신 갚아야 하는 것과 오십 년이 넘은 친구를 잃는 것, 둘 다 홀홀 털어버리지 못했다. 아내는 그 일로 스트레스를 받아 머리가 하얗게 세고 폭삭 늙었다.

*

거실에서 한가하게 커피를 마시며 창밖을 내려다보았다. 가을이 깊어 대로변의 은행나무가 노란빛으로 물들었다. 바람이 불면 노란 잎들이 팔랑거리며 떨어져 마치 참새 떼가 도로에 내려앉는 것처럼 보였다. 넓은 도로에 멈춰 섰던 차들은 신호가 바뀌자 물방개처럼 빠르게 움직였다. 출근시간이 지나자 도로의 정체가 조금 풀린 것 같았다. 이제 셀프 세차장에 가서 차를 세차를 해야지, 하고 나가려는데 휴대폰이 울렸다.

ㅡ아버지, 저예요. 잘 지내시죠.

일 년에 한두 번 정도 전화하는 작은 아들이었다.

-늘 그렇지 뭐. 아침부터 웬 전화니. 출근 안 했니?

-회사예요. 이번 일요일이 쉬시는 날이죠. 점심이나 같이하시지요. 시간이 어떠세요.

-열두 시경에 와라. 애들도 데리고 올 거니?

-아니 예요, 저 혼자 가려고요.

초등학교 다니는 손자와 손녀를 볼까 하고 기대했는데 실망이 컸다. 이번 학기에 부반장이 되었다는 손자의 얘기를 듣고 전화를 마치니 절반 정도 남은 커피가 다 식었다. 버리기 아까워 그대로 마시고 나니 입안이 텁텁했다.

이때 인터폰이 울렸다. 거실의 작은 화면에 딸의 얼굴이 보였다. 딸은 일주일에 두 번 들러 청소와 세탁을 해주었다. 금년 서른다섯 살인 딸은 얼굴이 작고 피부가 깨끗하여 나이보다 어려 보였다. 아내보다 키와 체격이 컸지만 동그랗고 큰 눈과 작고 도톰한 입술이 아내와 판박이였다. 딸을 보면 아내 생각이 자꾸 나서 요즈음은 만나는 것을 일부러 피했다.

-작은오빠가 일요일 점심에 온다고 하니 권 서방하고 같이 와라.

일요일에 같이 밥을 먹자고 딸과 사위를 불렀다.

-올케도 온대요.

-못 온대. 혼자 오겠다는구나.

-돈 얘기 하려고 오나 본데요.

-왜, 무슨 얘기 들었니?

-올케가 전화했어요. 혹시 돈 가진 것 있나 묻데요. 전세 보증
금 올려 달라나 보던데. 저희도 가게의 보증금을 올려 주고 없다
고 말했어요. 자기들은 해외에 놀러 가 다 쓰고 돈이 없다며 빌려
달라는 건 무슨 경우 인지.

금년 봄에 나는 아파트를 팔고 오피스텔로 옮겼다. 오래된 아파
트인데도 재건축 소문에 집값이 많이 올랐다. 아내의 빚을 갚고도
여유가 있었다. 오피스텔을 장만하고 남은 돈은 세 명의 자식들에
똑같이 나눠주었다. 추석에 연휴가 길어지자, 대기업에 다녀 경제
적으로 여유가 있는 큰아들이 작년부터 계획했다며 유럽 여행을
떠났다. 작은아들도 샘이 났는지 식구들을 데리고 하와이를 다녀
왔다.

-서로 도우면서 살아야지, 내가 죽고 나면 그래도 의지할 곳은
동기들이잖아.

딸은 대꾸도 없이 식탁에 앉아 가지고 온 사과를 깎았다. 사과
를 깎으며 화가 난 듯 입술을 꽉 악무는 딸의 모습이 아내와 흡사
했다. 아내의 모습이 생각나자 눈앞이 뿌옇게 흐려져 나는 슬며시
고개를 돌렸다. 내복가게를 드나들던 젊은 시절에 보았던 아내 모
습이 흐릿한 눈앞에 성큼 다가왔다.

잠자리에 누워도 내복을 포장하던 여자가 머릿속에서 사라지

지 않았다. 눈을 감아도 그녀의 얼굴이 또렷이 떠오르며 복숭아 향기가 코끝에 어른거렸다. 내 또래처럼 보이는데 결혼을 했을까? 미스 홍이라고 부르니 미혼이겠지.

나는 남자들 틈에서만 자라 여자를 만나면 주눅이 들었다. 그동안 소개팅 자리에 몇 번 갔지만 개성도 없고 말도 더듬어 애프터 신청을 받아준 여자가 없었다. 여자들이 나에게 관심이 없으니 나도 금방 잊어버렸다.

그래서 미스 홍도 시간이 지나면 잊히겠지 하고 생각했지만. 밤이 되면 나도 모르게 그녀의 가게를 기웃거렸다. 그러나 숫기가 없어 가게로 들어가 사귀자고 말할 용기가 없었다. 무엇이라도 하지 않으면 견딜 수 없어 나는 그녀에게 엽서를 보내며 마음을 달랬다. 글솜씨가 없어 연애편지 대신 유명시인의 사랑시를 적어서 가게로 부쳤다.

나는 엽서를 보내면서 시치미를 떼고 속옷을 사러 가게에 들렀다. 팬티, 러닝셔츠를 번갈아 샀다. 찬바람이 불어오자 나는 부모님 빨간 내복을 다시 사러 갔다. 그녀는 내복을 포장해 주지 않고 내가 보낸 엽서를 갖고 와서 나한테 내밀었다. 빨간 내복을 두 번째 사러 온 사람은 내가 처음이란다. 나는 얼굴이 빨갛게 돼서 아무 말도 할 수 없었다. 그녀는 막냇동생과 비슷한 나이 같은데 앞으로 가게에 오지 말라고 야단쳤다. 눈물이 쏟아져 나는 그대로 가게를 뛰쳐나왔다.

그녀가 나무란다고 나는 멈출 수 없었다. 그녀가 알고 있으니 대놓고 시집을 사서 보냈다. 시집을 계속해서 사서 보내자, 전철역 근처의 다방에서 만나자고 그녀가 엽서를 보내왔다.

남자친구라도 데리고 와서 혼내려고 하나? 은근히 걱정되어 마음을 졸이며 약속시간 보다 일찍 다방에 나가서 그녀를 기다렸다. 걱정과는 달리 정시가 되자 그녀는 혼자 다방에 들어왔다. 진한 커피냄새를 제치고 그녀에게서 풍기는 은은한 복숭아 냄새에 숨이 막혔다.

─내가 엽서를 보내지 말라고 했는데, 왜 시집까지 사서 보내요? 나는 솔직히 많이 배우지 못해 시를 잘 모르고, 장사하기 바빠 시를 읽을 마음의 여유도 없어요.

가까이서 본 그녀는 희고 작은 얼굴에 동그랗고 큰 눈과 작고 도톰한 입술이 도드라져 보였다. 전번 야단칠 때와는 달리 차분한 그녀의 목소리가 내 가슴에 부드럽게 다가왔다. 그녀의 차분한 목소리에 마음이 놓였지만 나는 아무 말도 못하고 커피잔만 내려다보았다.

─댁하고 노닥거릴 만큼 나는 한가하지 않아요.

─내가 연애 경험이 없어서……. 그거라도 안 하면 가슴이 터져 죽을 것 같아요.

갑작스런 나의 고백에 그녀는 아무 표정이 없이 내 눈만 빤히 쳐다보았다.

―그냥 나 혼자 좋아하면 안 돼요.

나는 그녀가 일어나서 가기 전에 절박한 마음을 전했다. 그녀는 커피를 다 마실 동안 아무 말이 없었다. 그녀가 자리를 박차고 나가지는 않았지만, 기나긴 침묵에 나는 긴장되어 숨을 쉬기 힘들었다.

―그러면, 돈 들여 그런 거 보내지 말고 가게가 끝나는 시간에 가끔 들러요.

내가 쉽게 물러설 것 같지 않자 그녀는 한참 동안 생각에 잠겼다가 입을 열었다. 그 말을 듣자 졸였던 가슴이 부드럽게 가라앉으며 눈물이 핑 돌았다. 심장이 무엇에 찔린 듯 찌릿하며 아팠다. 목이 메어 말은 못 하고 고개만 끄덕였지만 마음은 두둥실 하늘을 나는 것 같았다.

다음 날부터 밤이면 그녀의 가게로 가서 문을 닫아주고 그녀의 집까지 바래다주었다. 매일 저녁 그녀를 만나니 그녀한테서 풍기던 복숭아 향기는 점점 옅어졌지만 그녀를 생각하는 애틋한 마음은 더욱 뜨거워졌다. 결국 시간이 지나며 아내도 내 진심을 받아들이게 되었다.

*

검게 칠한 천정에 수많은 LED 등이 번갈아 반짝이고 천정에 달린 사이키 조명도 가끔씩 번쩍거렸다. 강화 마루가 깔린 바닥은 천정에서 비친 조명을 그대로 뱉어냈다. 홀에는 '영일만 친구' 노래가 흘러나왔다. 정면의 대형 화면에는 출렁이는 파도 위에 작은 고깃배가 떠 있는 포항 앞바다가 보였다. 그러나 눅진한 홀엔 비릿한 바닷냄새 대신에 골콤한 곰팡이 냄새가 코를 찔러 바튼 기침이 절로 나왔다.

정 씨는 홀에서 작고 아담한 여자와 춤을 추고 있었다. 키가 큰 그는 카우보이모자에 빨간 반짝이 재킷을 걸쳐 멀리서도 눈에 띄었다. 여자의 춤 솜씨도 수준급이라 둘이 잘 어울려 보였다. 정 씨는 나에게 휴게실에 가 있으라고 사인하며 계속 춤을 추었다. 나는 휴게실에서 사이다를 시키고 정 씨를 기다렸다. 음악소리가 멈추자 정 씨는 여자와 함께 휴게실로 들어왔다.

─여기는 박 여사, 저기는 김 사장.

정 씨가 여자를 소개했다. 동갑내기 정 씨는 쉬는 날에 교통봉사를 같이하며 친해진 사이였다.

─개인택시 하신다고 들었습니다.

키가 작은 박 여사는 갸름한 얼굴에 초승달 같은 눈이 귀여웠다. 나이는 육십 조금 넘어 보였고 얼굴과 눈가에 잔주름이 많아서 애잔하게 보였다.

─닭볶음탕 하나 시킬까?

─아니야, 박 여사 바로 가야 해. 이따가 박 여사 가게에서 한잔

하자고.

－빈대떡 드시러 오세요.

박 여사는 바로 자리에서 일어났다. 그녀가 나가자 정 씨는 귓속말로 그녀가 어떠냐고 물었다.

－고생을 많이 했나 봐. 여자는 참하게 생겼는데.

－전철역 근처에서 빈대떡집을 하는 여잔데, 남편이 십 년을 자리보전하다 봄에 떠났어. 슬하에 자식도 없고 차분한 성격이 김 형하고 잘 어울릴 것 같아.

－내일 모래면 칠십인데 여자는 …….

－자식들 다 소용없어. 키울 때 자식이지, 품을 떠나면 제 새끼들 생각에 부모는 뒷전이야. 말벗이다 생각하고 만나보라고.

일 년 먼저 상처한 정 씨의 경험담이기에 그의 말이 맞는 것도 같았다. 나도 아내와 사귀면서 부모 품을 떠났고, 내리사랑이라고 자식이 태어난 후에는 애들을 보살피며 부모에게는 신경을 덜 쓰게 되었다. 애들도 마찬가지겠지.

다섯 시가 되어 우리는 박 여사의 가게로 갔다. 정 씨의 파트너인 윤 여사도 함께했다. 둘은 여고동창으로 예전에 춤을 같이 배웠단다. 남편 죽음에 상심하고 있는 박 여사를 기분 전환하라고 윤 여사가 콜라텍에 끌고 나왔다고 했다.

술집은 콜라텍에서 십오 분 정도의 거리였다. 큰길에서 골목으로 십여 미터 들어간 곳에 자리했다. 술집의 외부는 허름해 보였으나 가게 안은 깔끔했다. 잘 정돈된 실내에는 사각 식탁이 가운데 통로를 두고 네 개씩 놓여 있었다. 이미 두 테이블은 손님이 차지하고 있었다. 우리는 한가하게 제일 안쪽 식탁에 가서 앉았다.

막 버무린 겉절이와 김이 무럭무럭 나는 어묵조림을 밑반찬으로 가져왔다. 저녁시간이 되어 출출하던 터라 잔을 부딪친 후에 나는 막걸리 한 잔을 벌컥벌컥 단숨에 들이켰다. 박 여사가 빈대떡을 만들러 가자, 정 씨와 윤 여사는 막 배우기 시작한 허슬의 동작을 얘기했다. 나는 혼자 막걸리를 홀짝홀짝 들이켰다. 술기운이 오르자 불쑥 아내의 생각이 스멀스멀 살아났다.

쉬는 날 막걸리를 마시는 나를 위해 아내는 녹두를 불려 빈대떡을 부쳐주었다. 그래서 살면서 아내와 빈대떡집에 간 기억이 없다. 등산을 하고 내려오면 빈대떡을 안주로 시원한 막걸리 생각이 간절한데 아내는 집에 가서 부쳐준다며 나를 달랬다. 그렇게 알뜰하게 살림하던 아내였는데……. 아내 생각을 하며 막걸리를 다시 들이켰다. 술기운 때문인지 옆자리에 아내가 앉아 있는 기분이 들었다.

박 여사가 빈대떡과 어리굴젓을 가지고 왔다. 노릇하게 구워진 빈대떡은 모양부터 정갈하고 깔끔했다. 들기름의 고소한 냄새가 먼저 코를 자극해 침이 혀 밑에 감돌았다. 나는 큼직하게 한 점 자른 후 어리굴젓을 올리고 입안에 넣었다. 구수하고 담백한 녹두의 맛이 입에 착 붙었다. 어리굴젓이 매콤함과 감칠맛을 더했다.

—이렇게 맛있는 빈대떡은 처음인데요.

전문가의 솜씨는 달랐다. 아내가 가끔 부쳐주던 빈대떡보다 겉은 바삭하고 속은 촉촉했다.

—김 형, 그래서 내가 이곳으로 오자고 한 거야. 여기서 빈대떡을 먹고 하루만 지나면 또 생각나.

—과분한 말씀이세요. 그냥 정성껏 만들었습니다.

빈대떡이 고소하여 젓가락을 계속 움직였고 술도 잘 넘어갔다. 윤 여사는 어색하지 않게 는실난실 분위기를 띄웠다. 우리는 오래된 친구처럼 웃고 떠들었다.

—박 여사님, 이 친구 춤 좀 가르쳐 주세요.

—아이, 가르쳐 드릴 실력이 안 되는데.

—리드만 좀 해 주시면 금방 배울 거예요. 운전을 오래 해서 발에 리듬감이 있거든요.

—일요일은 가게가 쉬니 시간 되시면 연락 주세요.

나는 불콰해진 얼굴로 박 여사와 휴대폰 번호를 교환하고 술잔을 부딪쳤다. 우리는 파전과 조개탕을 추가하고 술도 더 시켰다. 오랜만에 떠들면서 술을 마셔서 그런지 기분 좋게 취했다. 모처럼 느끼는 소소한 행복이었다.

*

11월 11일은 아내의 생일이다.

오전에 일을 끝내고 아내를 수목장한 곳으로 향했다. 산의 중턱에 있는 작은 절로 올라갔다. 돌계단에 앉아 천천히 물을 마시며 주위를 돌아보았다. 파란 하늘에 구름이 한가로이 떠 있고 화단의 벚나무는 붉게 물들었다. 아내를 떠나보낸 때는 더운 여름이었는데 해가 바뀌고 가을이 되었다. 가파른 산을 올려다보니 아내를 보낸 그날이 되살아나 가슴이 쓰리고 아팠다.

하늘이 잔뜩 찌푸려 언제 비를 뿌릴지 모르는 날씨였다. 낮은 비구름이 산을 휘감아 봉우리가 보이지 않았다.

—비가 올 것 같아 조금 쉬었다가 내려가지.

—오랜만에 왔는데 정상까지 올라가야 해.

아내는 내가 하루 종일 운전을 하려면 다리에 힘을 길러야 한다며 앞장서서 산을 올랐다. 산에 오면 매번 아내의 고집을 꺾지 못하고 정상까지 올라갔다.

산을 조금 오르자 반대쪽에서 오는 길과 만나는 곳에 사람들이 길게 늘어서 있었다. 아내는 사람이 없는 좁은 샛길로 꺾어 들었다. 그 길은 낮게 깔린 구름 때문에 안개 속으로 들어가는 것 같았다. 몽환적인 산길을 한참 걸어가자 구름이 걷히고 넓은 장소가 나타났다. 그곳엔 커다란 굴참나무와 작은 개울이 보였다. 좁은 개울에는 산에서 내려오는 물이 넘쳐흘렀다.

후텁지근한 더위와 저기압 때문에 숨을 쉬는 것도 몹시 힘들었다. 바닥이 젖어 앉을 수가 없어 나는 나무에 기대어 섰다. 아내는 쓰러진 썩은 나무에 매트를 깔고 앉아 사가지고 온 인절미를 꺼냈다. 아내는 시장한 듯 떡을 먹으면서 나에게 권했다. 억지로 하나 먹는데 목이 막히고 기침이 났다. 나는 물을 들이켜 기침을 가라앉혔다. 내가 그만 먹는다고 하자 아내는 나머지 것도 마저 먹고 서둘러 일어났다.

산의 정상 부근에는 매지구름이 몰려오고 있었다. 나는 오르막이 가파르고 미끄러워 하산하고 싶었지만 숨을 헉헉거리며 계속해서 올라갔다. 잠시 후, 검은 구름이 산을 집어삼키고 주위가 어두워지며 비를 뿌리기 시작했다. 배낭에서 우산을 꺼내서 펴는데 번쩍하고 벼락이 앞 봉우리에 내리쳤다. '꽈당'하고 천둥이 고막을 때렸다.

　－내려가야겠어!

벼락 때문에 우산도 펴지 못하고 아내에게 소리 질렀다. 아무 대답이 없어 뒤를 돌아보자 십여 미터 뒤에 아내가 쓰러져 있었다. 나는 달려가서 비탈진 곳에 엎드려 있는 아내를 바로 눕혔다. 아내는 숨을 쉬지 않았다. 휴대폰을 꺼내 119에 전화를 했으나 통화권 이탈 지역이라 연결이 되지 않았다.

도와달라고 소리쳤지만 대답은 없고 내 목소리는 천둥소리에 잠겨버렸다. 나는 헐레벌떡 정상으로 뛰어 올라갔다. 비가 그친 정상으로 가서 사람들에 도와달라고 소리 질렀다. 그곳의 사람들은 휴대폰으로 119에 신고하고 아내가 쓰러진 곳까지 따라 내려왔다. 곧이어 헬기가 나타나고 대원이 내려와 아내를 들것에 실어 올리고 지체 없이 산 너머로 사라졌다. 그곳에 주저앉아 넋을 잃은 내 머릿속엔 헬기의 굉음만 '웅, 웅' 거렸다.

절에서 가파른 계단을 오르자 반대쪽에서 올라오는 갈래 길이 나타났다. 아내가 예전에 선택한 샛길로 꺾어 들었다. 꼬불꼬불한 산을 더 오르니 아내를 수목장한 굴참나무가 나타났다. 깔개를 깔고 가지고 온 배와 사과를 종이접시에 놓았다. 그리고 휴대용 컵에 더운물을 부어 믹스커피를 탔다.

─오늘 당신 생일이야. 알고 있지.

막대과자를 뜯어 컵에 세워 놓았다. 과자를 한 컵 더 담아 옆의 작은 오리나무 앞에 가져다 놓고 깔개에 앉았다. 햇볕보다 따스한, 바람보다 부드러운 기운이 내 곁으로 다가오는 느낌이 들었다. 아내가 옆에 왔나?

─저기에 호야를 묻었어. 알고 있지.

호야는 아내가 죽은 후, 아내를 기다리며 시름시름 앓다가 석 달 후에 죽었다. 나는 호야를 화장하여 굴참나무 옆의 오리나무에 뿌려주었다. 아내가 알았다고 답하듯이 굴참나무 잎이 발 앞에 팔랑거리며 떨어졌다. 천천히 커피를 마시고 일어나서 배낭을 둘러

멨이. 막대과자는 새들의 모이로 주위에 뿌려 주었다.

　－이제 내려가야지. 당신 여기서 호야하고 잘 쉬고 있어.

　아내를 두고 혼자 내려가려니 발길이 떨어지지 않았다. 가끔 돌아보는 산은 누렇게 물든 가파른 봉우리를 붉게 물든 나무가 여기저기 예쁘게 수놓았다. 하늘에는 조각구름이 해를 가리며 천천히 흘러갔다. 구름의 그림자가 지날 때마다 산의 색깔은 어두운 갈색으로 잠시 바뀌곤 했다. 건조한 바람이 불어올 때마다 마른 잎이 우수수 길 위에 떨어졌다. 낙엽은 발밑에서 바스락하고 부서졌다.

*

　아내가 오피스텔로 나를 찾아왔다.

　따뜻한 재스민차를 한 잔 마시려고 식탁에 앉아 있을 때, 창문에 드리워진 커튼이 펄럭거리며 재스민향이 거실에 진하게 퍼졌다. 창문이 열렸나 하고 일어나서 닫으려는데 커튼 사이로 아내가 불쑥 나타났다. 가까이서 보니 아내의 왼쪽 이마에 피멍이 그대로 보였다. 사십여 년을 같이 산 아내지만 흉측한 피멍을 보는 순간에 소름이 끼쳤다.

　－오피스텔은 처음이지. 여기에 앉아.

　나는 식탁의 반대편 의자를 앉기 좋게 밖으로 빼냈다. 아내는 그곳에 깃털만큼의 무게도 느끼지 않을 정도로 살포시 앉았다. 무슨 이유가 있어 여기에 왔을 텐데……. 내가 콜라텍으로 놀러 다녀 화가 났나?

아내는 아무 말 없이 실내만 두리번거렸다. 어떻게 사는지 궁금한가? 나는 다관에 더운물을 부어 놓고 차를 따르지 않은 것을 기억했다. 귀신도 차를 마실 수 있을까?

ー따뜻한 재스민차를 한 잔 마실래?

ー한 잔 줘.

아내는 입을 벌리지 않았는데 아내의 목소리가 들렸다. 아내의 마음이 내 머리에 직접 전달되었나? 다관에서 차를 두 잔 따라 나와 아내의 앞에 놓았다.

ー오늘이 당신 생일이야. 알지?

ー수목장한 곳에 온 것을 봤어.

아내가 그곳에 있었다니 팔에 소름이 오소소 돋았다.

ー나를 생각하는 마음이 있으면 그 마음을 쫓아서 어디든지 갈 수 있어.

나는 잘 이해되지 않았지만 그냥 고개를 끄덕였다.

ー오늘 내가 찾아와서 깜짝 놀랐지. 나는 그동안 시간의 밖에 머무르고 있었어. 이제 떠나야 할 때가 되었어. 떠나기 전에 애들 때문에 당신에게 할 이야기가 있어서 찾아온 거야.

ー떠나다니 어디로 간다는 거야?

ー말해도 이해가 되지 않으니 알려고 하지 마. 내일이라도 애들을 불러다 엄마가 보증을 서서 대신 빚을 갚은 사실을 이야기해. 애들이 사정을 모르니까 아빠한테 기대볼까 하는 거야. 둘째도 맞벌이를 하니까 어렵지 않은데 제 형보다 못하니 샘이 나서 그래. 요즈음 자영업이 힘드니 수영인 관심을 갖고 지켜봐.

일요일 점심에 작은아들이 와서 다짜고짜 천만 원만 해 달라고 야단이었다. 형은 결혼할 때 엄마가 집을 사주었는데 자기는 전세를 얻어 주었으니 형편에 맞지 않았다고 말했다. 딸도 같이 와서 작은오빠를 거들었다. 딸은 엄마가 결혼을 반대해서 시집갈 때 오빠들처럼 도와주지 않았다고 덧붙였다. 요즘은 장사가 안 되어 전달 월세도 밀렸다고 하소연했다.

―수영인 애들 학원비 하라고 조금씩 주지만 크게 보탬이 안되는 것 같아. 수영이네 치킨집은 배달이 없어서 힘들어. 가맹비가 들어도 프랜차이즈점을 해야 할 것 같아.

―이제 천천히 가야 해. 당신도 나와 같이 가.

죽은 귀신이 어디를 가자는 거지? 크리스마스 캐럴에서처럼 내 미래를 보여주려고 하나? 아내는 우선 박 여사네 빈대떡집으로 가자고 했다. 어떻게 가야 하지 하고 망설이는데, 아내의 손을 잡으니 바로 빈대떡집이었다. 아내와 나는 들어가서 빈자리에 앉았다.

밤이 늦은 시간이라 빈대떡집에는 다른 손님은 없고 윤 여사가 놀러 와서 둘이 막걸리를 마시고 있었다. 잠옷을 입고 있는 나는 옷차림이 신경 쓰였지만 그들은 우리들이 옆에 있는 것을 전혀 알아차리지 못했다.

－개인택시 하는 김 사장 그 후에 만나봤어?

윤 여사가 박 여사에게 내 얘기를 꺼냈다. 그들이 무슨 이야기를 하는지 궁금하여 아내가 옆에 있는 것도 잠시 잊고 귀를 기울여 그들의 이야기를 들었다.

－어제 쉬는 날이라 같이 콜라텍에 갔다가 한잔하고 헤어졌어. 자식들 때문에 속상한 일이 있었나 봐. 내가 세시에 전화했는데 그때까지 점심을 안 먹었데. 내가 국수를 삶아 드린다고 나오시라고 했지.

－그러다 진짜 국수를 얻어먹는 것 아니야?

－사람들 보기 남세스럽게 그런 소리 말아. 외로운 사람끼리 만나 말벗이나 하는 거지. 참 다음 쉬는 일요일에 강화도에 바람 쐬러 가기로 했어. 정 사장이랑 다 같이 가제.

나도 박 여사와 같은 생각이어서 크게 부담스럽지 않았다. 박 여사의 말에 안심되는지 아내는 자리에서 일어나며 내 손을 잡아 끌었다. 아내는 내가 꽃뱀에라도 걸렸을까 걱정했나?

다음에 간 곳은 외곽에 있는 산동네였다. 아내는 상대의 생각이 끊기는지 여러 번 멈췄다. 가까스로 가파른 골목길의 끝에 있는 녹슨 철대문집을 찾아갔다. 그리고 집 귀퉁이에 푸르스름한 등이 보이는 작은 방으로 들어갔다. 방이 워낙 좁아 아내와 나는 문 앞에 서서 꼼짝할 수 없었다.

—할머니 배고픈데 빨리 밥 줘.

늦은 시간인데 아직 저녁밥을 못 먹었는지, 열 살 정도 된 남자 아이가 밥을 달라고 할머니를 졸랐다.

—조금 기다려. 할머니 친구가 먹고 가면 엄마 밥 남기고 먼저 줄게.

작은 상위에 고봉으로 푼 밥과 김이 나는 미역국이 놓여 있었다. 할머니를 자세히 보니 아내의 친구 인자 씨였다.

—오늘 할머니 친구 생일이란다. 사기꾼 때문에 아빠도 죽고 그 할머니도 죽었어.

아내는 소꿉친구를 그윽한 표정으로 내려다보았다. 그러나 아내는 방안의 살림살이를 돌아본 다음에 금방이라도 눈물이 쏟아질 것 같은 표정으로 바뀌었다. 곧바로 아내는 고개를 돌리며 나를 밖으로 잡아끌었다. 아내의 손을 잡으니 낮에 들렀던 작은 절 앞이 나왔다. 아내는 이제 가야 한다고 말한 다음 바로 법당으로 들어갔다. 나도 따라 들어가려고 발을 옮겼으나 걸음을 한 발짝도 뗄 수 없었다.

잠시 후, 법당문이 열리고 흰 소복차림의 아내가 걸어 나왔다. 아내는 마당을 두리번거렸다. 나를 찾나? 나는 여기에 있다고 크게 소리쳤지만 목소리가 나오지 않았다. 이때 석등 옆에서 개 한 마리가 꼬리를 흔들며 아내에게로 달려갔다. 호야였다. 아내는 호야를 두 손으로 감싸서 품에 안고 공중으로 가볍게 떠올랐다. 두

둥실 하늘로 높게 떠오르더니 빠르게 산을 넘어갔다. 나는 절 마당에서 그들이 보이지 않을 때까지 한없이 손을 흔들었다. 눈물이 주르륵 뺨을 타고 흘렀다.

뜨거운 눈물이 발등에 떨어져 정신을 차렸다. 나는 거실에서 잠옷 차림으로 눈물을 흘리며 손을 흔들고 있었다. 왜, 툭하면 눈물이 나오지? 나이가 들어서 그런가? 나는 휴지를 두 눈금 잘라 눈물을 닦고 코를 풀었다. 머릿속에는 아내와 호야가 산을 넘어가는 모습이 잔상으로 남아 어른거렸다. 아내는 젊은 날 달콤한 복숭아 향기와 함께 내 곁에 왔다가 추억만 남기고 떠나갔다. 이제 아내가 아주 가버렸다는 생각이 들자 나는 가슴이 텅 빈 것 같이 허전했다.

식탁 위의 찻잔에서 김이 모락모락 올라오고 있었다. 나는 식탁에 앉아 따뜻한 차를 조금씩 들이켰다. 더운 차가 들어가니 마음이 차분히 가라앉았다. 먼 세상으로 떠나는 아내를 본 것은 꿈결 같았지만 아내가 나에게 남기려고 한 것이 무엇인지 어렴풋이나마 알 것 같았다. 내 찻잔을 다 비운 다음 아내의 찻잔도 조금씩 비웠다. 따스한 차와 함께 재스민향이 부드럽게 목을 타고 넘어갔다.

휴대폰의 알람소리에 잠에서 깨어났다. 모처럼 아무런 꿈도 꾸지 않은 달콤한 잠이었다. 평소보다 일찍 일어났지만 기분이 상쾌

하고 몸이 가벼웠다. 침대에서 일어나 커튼을 활짝 열어젖혔다. 창밖은 아직 어두웠지만 멀리 보이는 하늘은 검은 야산과의 경계가 드러나기 시작했다.

어젯밤, 나는 평소보다 삼십 분 일찍 일을 나가기로 마음먹었다. 조금 일찍 일을 시작해서 저녁 늦게까지 일을 하면 아내도 잊히고 경제적 여유도 생기겠지. 시간을 갖고 애들을 도와줄 방법도 찾아야지. 앞으로 할 일을 생각하니 불쑥 힘이 솟는 것 같았다. 나는 바로 침대를 정리하고 거실로 나왔다.

아침은 빵과 커피로 간단히 해결해야지. 식빵 두 개를 토스트기에 넣고 냉장고에서 빵에 바를 크림치즈와 딸기잼을 꺼내왔다. 그 사이에 식빵이 구워지는 구수한 냄새가 거실에 퍼져나갔다. 커피를 타려고 포트의 스위치를 올렸다. '푸르르륵' 물이 끓는 소리가 고요한 거실에 울려 퍼졌다.

아내를 마음속에서 떠나보내고 새로 맞이하는 아침은 이렇게 빵 굽는 냄새와 물 끓는 소리로 시작된다.

할아버지바위

잠에서 깨니 새벽이었다. 오늘은 쉬는 날인데 평소 일어나는 시간이 되자 자동적으로 눈이 떠졌다. 몸이 찌뿌드드하고 머리가 무거웠다. 왜 이렇지? 어제 과음한 사실이 얼핏 떠올랐다. 한 달 동안 작업한 현장을 어제 마무리했다. 저녁 늦게까지 일을 하고 몸에 밴 시너를 털어내자며 삼겹살에 소주를 먹었다. 연휴가 지나고 다른 현장으로 가서 당분간 헤어지는 동료가 있어 밤늦게까지 술을 마셨다.

숙취 때문에 목이 말랐다. 냉장고에서 생수를 꺼내 마시며 창밖을 보니 아직 어두웠다. 특별히 할 일도 없으니 다시 자야지. 자리에 눕는데 휴대폰이 울렸다. 이렇게 이른 시간에 누구 전화지?

ㅡ지금 일하세요?

미국에 있는 아내였다. 아내는 뉴욕에 있는 수산시장의 큰처남

생선가게에서 일을 했다. 새벽에 나갔다가 오후에 집에 돌아왔다. 그래서 아내가 전화하면 이곳은 항상 아침이다.

─내일이 추석이잖아. 여기는 오늘부터 닷 세 동안 연휴라 집에서 쉬고 있어.

─벌써 추석이군요. 이곳은 여름더위가 가시지 않아 추석은 까맣게 잊고 있었어요.

─연정이 연수 잘 있고, 당신도 건강하지?

─연정인 둘째를 가졌다고 하고, 연수는 이번에 박사학위를 받는대요. 그래서 전화했는데 한 번 다녀갈 형편이 안 되면 축하 전화라도 해 주세요.

─알았어. 바로 전화할게.

시집간 연정인 사위와 사이가 좋은 것 같고, 연수는 공부하기 힘들다더니 이제 박사학위를 받는다니 잘된 일이다,

─연수가 학위를 받으면서 그 대학연구소에 남는데요. 이제 아빠 도움이 없어도 혼자 살 수 있다고 돈을 보내지 말라고 하네요.

둘째 딸이 박사가 되고 연구소에서 계속 일하게 되어 경사스러운 일이다. 그러나 품에 자식들이 이제 다 떠나갔다는 허전한 느낌이 들었다. 딸들 학비를 보내려고 위험한 일도 마다치 않았는데, 이제 아빠로서 역할은 끝났나? 머릿속이 멍해지며 아무 생각도 나지 않았다.

─여보, 듣고 있어요?

－응, 둘째가 초등학교를 졸업하고 떠난 때가 엊그제 같은데 이제 박사가 된다니 놀라서 말을 못 하겠어.

－연구소로 가면 꽤 많은 연봉을 받는데요. 이제부터 엄마, 아빠한테 잘하겠다지만 말만 들어도 고맙다고 했어요. 실제 살다 보면 뜻하지 않은 일이 생기니 엄마, 아빠 걱정은 하지 말고 네 앞길이나 잘 챙기라고 했어요.

나는 아내와 통화를 어떻게 끝냈는지 잘 기억나지 않았다. 잠이 달아나고 둘째 딸마저 품에서 떠났다는 상실감이 밀려들었다. 이제부터 혼자 무슨 재미로 살아가지 하는 허탈한 생각이 들며 이대로 집에 혼자 우두커니 연휴를 보내는 것이 숨이 막히고 답답했다. 무엇을 하며 닷새를 보내지? 산에나 가서 머리를 식혀야지.

아홉 시가 되자 바로 K산악회에 전화를 했다. 산악회에서는 추석날 밤에 출발하는 1박 3일 지리산종주와 일요일에 떠나는 오대산 산행이 있는데, 지리산종주는 한 좌석 남아 있다고 했다. 나는 별생각 없이 하루라도 빨리 떠나는 지리산종주를 곧바로 예약했다.

돌이켜 생각하니 가족들을 미국으로 보냈던 봄에 처음으로 지리산종주를 했다. 열심히 일해서 딸들 학비를 대야지 하는 생각에 극기 훈련을 겸하여 종주에 도전했었다. 십칠 년이 지난 지금 딸들이 모두 품을 떠나 혼자가 된 외로움에 다시 지리산에 가게 되었다. 나는 벽장 속에 잠자고 있던 등산장비를 꺼내 점검하며 구입해야 할 것들을 메모했다.

몸이 오른쪽으로 쏠리며 머리가 창문에 부딪혀 잠에서 깼다. 커튼을 젖히고 밖을 보니 버스는 고속도로에서 인터체인지를 돌아나가고 있었다. 휴게소를 출발한 후에 바로 잠이 들었으니 한 시간을 넘게 잔 것 같았다. 안전벨트를 하고 시든 배추처럼 쭈그리고 잠을 자서 그런지 몸이 무겁고 허리가 거북했다. 이런 몸으로 종주를 할 수 있을까 하고 은근히 걱정되며 준비도 없이 갑자기 결정한 산행이 새삼스레 후회되었다.

차창밖에 어렴풋이 보이는 것은 가파른 언덕이었다. 에스자로 이어진 고갯길이라 버스의 엔진 소리가 요란했다. 엔진의 비명소리가 시끄러워 기지개를 켜며 한두 명씩 잠에서 깨났다. 산행을 준비한다고 부산한 실내에 등이 켜지며 산악회의 총무가 자리에서 일어나 마이크를 잡고 오늘의 산행을 간단히 설명했다.

─거의 다 왔나 보네. 어디쯤 왔어?

시끄러운 소리에 옆자리에서 코를 골며 자던 강 사장이 부스스 잠에서 깨며 물었다.

─이십 분 후면 성삼재 주차장에 도착할 거래요. 강 사장님은 느긋한 걸 보니 종주를 여러 번 하셨나 봐요?

─이번이 일곱 번째야. 작년에도 한 번 왔어.

─대단하세요. 내가 종주를 한 건 십칠 년 전이예요, 얼떨결에

다시 종주한다고 왔지만 지금 걱정이에요.

　전에 왔을 때 힘들게 천왕봉을 올라가고 발바닥이 아파 절뚝거리며 내려왔던 기억뿐이었다. 그때는 마흔네 살이었는데 환갑인 내가 잘 갈 수 있을까?

　―마라톤처럼 페이스 조절이 중요해. 나이 든 사람은 처음부터 젊은 애들을 따라가면 체력소모가 심해서 나중에 힘들어. 정 선생은 나와 같이 천천히 가.

　―다행이네요. 강 사장님 뒤만 졸졸 따라가야겠어요.

　나보다 다섯 살이나 위인 그를 어떻게든 쫓아가야지.

　―정 선생 김밥 좀 들어.

　강 사장은 배낭에서 김밥 두 줄을 꺼내더니 한 줄을 나에게 건네주었다. 김밥을 받아들었지만 버스 안에 쭈그리고 앉아 있어서 속이 그들먹했다. 나는 나중에 산에서 먹겠다며 김밥을 배낭 속에 넣었다.

　노고단고개로 가는 길은 계속된 오르막이었다. 쉬지 않고 올라가니 숨이 막히고 이마에 땀방울이 맺혔다. 대여섯 시간을 좁은 버스 의자에 앉아있어서 몸이 쉽게 풀리지 않았다. 젊은 산악회원들은 두세 명씩 짝을 지어 먼저 올라갔고, 뒤에서 같이 오던 강 사장은 배가 아프다며 대피소에서 화장실을 갔다. 가끔 뒤를 돌아봐도 그의 불빛은 보이지 않았다. 칠흑같이 어두운 산길에 헤드랜턴의 작은 불빛만 발 앞을 비추고, 고요한 주위에 거친 숨소리가 퍼져나갔다.

숨이 목에 찰 무렵 산 너머에서 둥근 보름달이 나타났다. 달은 산 위에 오르면 잡힐 듯이 서쪽 하늘에 기울었다. 능선 너머엔 봉긋한 봉우리들이 처녀의 젖가슴처럼 수줍게 모습을 드러냈다. 노고단고개라는 팻말이 나타나고 노고단으로 오르는 계단이 보였다. 팻말 앞에 서서 땀을 닦으며 이정표를 살폈다. 성삼재에서 이제 2.6킬로미터 올라왔는데 천왕봉까지 25.5킬로미터나 남아있었다. 벌써 장딴지가 당기는데 앞으로 남은 거리가 까마득했다.

잠시 후, 노고단대피소 쪽에서 고개로 올라오는 작은 불빛이 보였다. 강 사장이겠지. 여기까지 오려면 십 분은 걸릴 것 같았다. 산등을 타고 싸늘한 바람이 콧등을 스쳤다. 얼굴의 땀이 식으며 으스스 추워 등산복의 지퍼를 바싹 올렸다. 올라올 때는 모든 생각이 머릿속에서 빠져나갔는데, 한가하게 서 있으니, 가족을 미국으로 보낼 수밖에 없었던 십 칠 년 전이 가슴 아프게 떠올랐다.

새벽에 일을 나가려 일찍 잠자리에 들었는데 아내가 자고 있는 나를 깨웠다. 연정이 비명을 질러 방에 가서 살폈더니 몸에 멍투성이, 라고 했다. 아내를 따라가 곤히 자는 연정일 깨워서 물었더니 말은 안 하고 울기만 했다. 한참 후에 칠 공주라고 불리는 일진 애들한테 돈을 빼앗기고 맞았다고 입을 열었다. 전철역 주변을 재개발하여 지은 아파트에 사는 일진 애들은 달동네에 사는 애들을 괴롭힌다고 했다. 담임선생에 말했지만 부모들이 저명인사들이라 그런지 학교에서도 모른척한단다. 아내가 다음날 학교를 찾아가 딸이 폭행당한 사실을 담임에게 말하고 적절한 조치를 부탁했다.

시간이 지나도 연정이 표정이 계속해서 어두웠다. 사정을 들어보니 다시 폭행을 당하지는 않았지만 반에서 왕따가 되었단다. 애들이 연정과 말도 못 하게 일진들이 압력을 넣는 것 같았다. 아내가 알아보니 연정이 외에 피해를 본 다른 애들이 없어서 화장실 청소만 일주일 시켰다고 했다. 아내는 학교의 불공정한 조치에 상당히 화가 났다. 가해자와 같은 학교에 보낼 수 없으니 주동자를 전학시켜달라고 요구했다. 그러나 학교 상벌위원회에서 내린 결정은 바꿀 수 없고, 다니기 힘들어하면 연정을 다른 학교로 전학시키라고 했다. 아내는 그런 부당한 조치를 참을 수 없다며 교육청에 진정서를 내기도 했지만 가해자 부모들 때문인지 바뀌는 것은 없었다.

연정이 점점 말이 없고 야위어가자 아내는 미국에 있는 큰오빠에게 도움을 청했다. 그는 십여 년 전에 이민을 가 수산시장에서 자리 잡았다. 그는 애들을 공부할 수 있도록 도와줄 테니 미국으로 오라고 했다. 작은 빌라를 담보로 빌린 작은 돈을 가지고 아내는 연정과 연수를 데리고 뉴욕으로 갔다. 그렇게 가족을 보내고 이곳에서 혼자 지낸 지 벌써 십칠 년이 되었다.

십여 분이 지나자 거친 숨소리와 함께 강 사장이 땀을 흘리며 나타났다.

―여기서 조금 쉬세요.

에너지 바를 한 개 그에게 건네며 말했다.

―아이고, 힘들어. 저녁에 가게에 갔다가 시간이 없어 급하게 사먹은 순댓국이 얹힌 것 같아. 설사를 하고 났더니 기운이 하나도 없네.

―추석날에도 장사를 하세요.

―냉면가게인데 큰 육수 통에 구멍 나서 들통이 필요하다고 사정해 할 수 없이 나갔어.

―자영업자들이 힘들다고 하는데 사장님의 주방기구 가게는 장사가 잘되나 봐요.

―예년만 못해. 전엔 창업하는 업소들이 많아 추석 당일만 쉬었는데, 금년은 손님이 없어서 연휴 내내 문을 닫아. 정 선생 하는 일은 어때?

―전에는 큰 공사를 도급 맡아서 했는데 나이가 들어 작은 현장만 맡아서 해요.

전에는 고층아파트 외벽 칠과 유리창 코킹, 고층 건물 유리창 청소 등 일당이 많은 일을 맡아서 했다. 나이가 드니 높은 곳에 올라가면 자신감이 떨어졌다. 그러다가 오 년 전에 사고를 당할 뻔했던 아찔했던 순간이 있은 후에 위험한 일은 피하고, 작은 건축 현장을 맡거나 쉬운 곳에서 날일을 했다.

삼도봉에 오르자 삼각뿔 형태의 표지석이 보였다. 삼각뿔은 전라북도, 전라남도, 경상남도의 세 방향을 표시했다. 앞으로 갈 천왕봉의 방향을 살피는데 숨을 헐떡이며 올라온 강 사장은 표지석의 옆에 주저앉으며 여기서 쉬면서 일출을 보자고 했다,

정상에서 해가 뜨는 방향은 탁 트인 드넓은 공간에 뽀얀 우윳빛깔의 구름이 바다처럼 깔려 있었다. 운해를 뚫고 고개를 내민 작은 봉우리들은 한지에 그린 동양화처럼 보였다. 운해 넘어 먼 산의 능선에 노란빛을 띠는 곳이 있었다. 저곳에서 해가 뜨겠지. 시간이 지나며 검은 하늘이 푸른빛으로 밝아지고 능선 위가 노란색에서 진홍색으로 서서히 변했다.

강 사장은 두 손을 모아 해가 뜨는 곳을 향해 합장을 했다. 나도 두 손을 모았다. 나는 무엇을 빌지? 아내가 한국으로 돌아오라고 빌까, 하고 망설이는데 시뻘건 해가 능선 위로 고개를 내밀었다. 그 순간에 나는 미국에 있는 가족들이 건강하게 지내기를 빌었다. 미국에 있는 가족을 생각하니 가슴이 울컥하며 갑자기 눈앞이 흐려졌다.

산 위로 올라온 해는 붉은 햇살을 내뿜었다. 햇살이 나무와 바위에 부딪히며 세상을 붉게 물들였다. 해가 산 위로 솟아오르자 주위가 밝아지며 붉은빛은 사라졌다. 떠오른 해와 함께 불어온 바람이 산허리를 휘어감은 구름을 밀어내 봉우리들이 모습을 드러냈다. 산에서 보는 일출은 주위의 풍경을 순간순간 변화시켜 보는

사람을 신비롭게 만들었다. 빌딩 사이로 떠오르는 해와는 전혀 다른 느낌이었다.

오 년 전, 고층 빌딩 현장에서 외벽의 크랙을 메우는 작업을 하며 아내의 전화를 받았다. 큰딸이 유태계 미국인과 결혼한다는 뜻밖의 전화였다. 결혼식은 본인들이 알아서 준비한다며 날짜가 정해지면 그때 미국으로 오라고 했다. 그동안 딸이 대학을 졸업하면 한국으로 돌아오겠지, 라고 생각했는데 그곳에서 결혼한다는 갑작스런 소식에 숨이 막히며 가슴이 먹먹해졌다.

전화를 받는 사이 같이 일하는 동료는 벌써 한참 밑에서 작업을 하고 있었다. 오늘 작업량이 많아 나도 달비계에 앉아 서둘러 일을 시작했다. 발을 빠르게 구르며 옆으로 가서 외벽에 생긴 크랙에 크랙전용퍼티로 부지런히 메웠다. 조급한 작업 중에도 머릿속에는 딸에 대한 섭섭함이 가득했다.

건물 끝에 긴 크랙이 보였다. 그곳으로 발을 굴려 이동하는데 앞의 건물 사이로 시뻘건 해가 불쑥 떠올랐다. 전혀 예상하지 못했는데 갑자기 떠오른 해가 눈 속으로 들어왔다. 해가 뜨며 건물 사이로 불어온 바람이 나를 건물에서 밀어냈다. 발이 미끄러지며 균형을 잃고 앞으로 몸이 쏠렸다. 달비계에서 몸이 떨어졌지만 나는 스크래퍼를 놓고 본능적으로 구명줄을 잡았다. 그 후로 고층 건물작업은 할 수 없었다.

새벽부터 걸었더니 출출하여 강 사장이 준 김밥을 꺼냈다. 반을 잘라 그에게 권하니 그는 고개를 절레절레 저으며 배가 아프다며 휴지를 들고 산 밑으로 내려갔다. 그 사이에 키가 큰 여자가 다리를 절뚝거리며 올라와서 인사를 했다. 둥근 모자 밑으로 동그란 눈이 귀여운 인상이었다. 가슴에 K산악회의 리본을 달고 있었다.

－다들 갔는데 왜 이렇게 혼자 늦게 와요?

－반야봉을 들러 오느라 늦었어요.

하얀 얼굴에 동그란 눈이 연정과 닮아 그런지 낯설지 않았다.

－다리를 다쳤나 봐요?

－반야봉에서 급하게 내려오다 낙엽에 미끄러졌어요. 금년 봄에 치악산에서는 선생님 도움으로 괜찮았는데.

삼월 중순에 산악회를 따라 치악산을 갔다. 비로봉에서 하산하는데 함박눈이 내렸다. 산에 눈이 쌓여 응달진 계곡은 바닥이 얼었다. 계곡에 십여 미터 되는 가파른 절벽이 있었다. 아이젠을 가지고 오지 않은 사람들은 내려가지 못하고 쩔쩔맸다. 후미에 있던 나는 가지고 다니던 로프를 배낭에서 꺼냈다. 삼십 미터짜리 로프를 옭매듭으로 큰 나무에 묶었다. 밑으로 내려가며 로프를 가끔씩 굵은 나무에 걸었다. 로프를 아래로 늘어뜨리고 장 대장과 함께 중간에서 사람들을 잡아주었다.

－김 작가는 먼저 안 갔어?

강 사장이 허리춤을 추스르며 나타났다. 검게 탄 내 얼굴과 달리 희고 둥실하던 그의 얼굴이 홀쭉해 보였다.

－반야봉에서 내려오다가 미끄러졌어요. 강 사장님 스프레이
파스 있어요?

－파스는 없는데.

－연재하던 웹툰을 끝내고, 재충전하려고 쫓아왔는데 다리를
삐어서 앞으로 산행이 걱정이에요.

－배낭에서 무거운 것은 빼요. 내가 들어 줄게요.

나는 그녀가 준 화장품 가방을 받아 배낭에 넣고 땀이 식기 전
에 가야 한다고 발걸음을 재촉했다.

연하천 대피소에 도착하자 회원들은 떠나고 장 대장만 남아서
우리를 기다렸다. 장 대장은 야외식탁에 앉아서 우리를 보고 반갑
게 손을 흔들었다.

－사고가 났나, 걱정했어요. 김 작가는 반야봉으로 갈 때 쌩쌩
했잖아.

그는 코펠에 라면을 넣으며 말했다.

－강 사장님은 배탈이 나고, 저는 낙엽에 미끄러져 오른발을 삐
었어요. 정 선생님이 제 짐을 들고 오느라 힘들었어요.

장 대장은 배낭에서 스프레이파스와 붕대를 꺼내 그녀에 건넸
다. 그녀가 양말을 벗자 봉숭아 뼈 부분이 부어있었다. 그녀는 부
은 주위에 파스를 듬뿍 뿌렸다.

－많이 부었네. 계속 갈 수 있겠어.

그녀의 발을 본 장 대장이 걱정되어 물었다.

－파스를 뿌리니 시원해요. 붕대로 감으면 괜찮을 것 같은
데…….

그녀는 부은 부분을 붕대로 감싸며 말했다.

－여기서 하산해서 함양으로 내려가도 추석 연휴라 오늘 중에
서울로 올라가는 버스를 타기 힘들 거야. 걸을 수만 있으면 세석
대피소까지 천천히 같이 가.

장 대장의 말에 그녀는 대피소 마당을 이리저리 걸으며 손가락
으로 동그라미를 그렸다.

그사이에 라면이 먹기 좋게 끓고 있었다. 나는 세 그릇에 골고
루 면을 담고 국물을 부어서 탁자에 올려놓았다. 김 작가는 자신
의 그릇에 담긴 라면을 강 사장의 그릇에 반이나 덜었다. 강 사장
은 그릇에 가득한 라면을 후딱 먹어치우고, 언제 배탈이 났는지
모르게 코펠에 남아있던 건더기도 알뜰하게 긁어다 먹었다. 라면
을 먹는 사이 장 대장은 작은 코펠에 물을 끓여 커피믹스를 한 컵
씩 타서 나눠 주었다.

－강 사장님은 배탈 나셨다며 이제 괜찮은 거예요.

코펠 바닥을 긁고 있는 강 사장을 보며 장 대장이 웃으며 물었다.

－아직도 배가 부글부글 끓는데, 배에 힘이 빠지면 올라갈 때
힘드니 억지로 먹어두는 거야.

－참, 요전에 아드님이 가게에 와서 캠핑 장비를 많이 사가셨어

요.

　-내가 그 나이에는 애들을 데리고 산에 다녔는데 요즈음 애들
은 산에는 안 가고 캠핑을 가는 것 같아.

　-맞아요. 제가 처음 장사를 시작한 이십 년 전에는 산악회에
회원도 많고, 등산용품이 잘 팔렸는데 지금은 매출이 많이 줄었어
요. 저도 할 수 없이 한쪽 편에 캠핑용품을 파는데 점점 그 비중이
늘어요.

　-옛날에 돌아가신 선친이 그 자리에서 군용품을 팔았잖아. 군
복을 물들인 작업복을 나도 많이 사 입었지.

　-아버지는 가게에서 군용 담요, 텐트, 판초우의, 반합 등을 등
산용품으로 팔았어요.

　-장 대장님 가게가 어디에 있어요? 시집간 친구들이 차박 한다
며 장비 파는 곳을 묻던데, 장 대장님 가게에 가라고 해야 되겠네
요.

　장 대장의 가게는 동대문종합시장 뒤에 있었다. K산악회가 가
게 한쪽에 있는데 산악회 총무와 친구라 서로 도와준다고 했다.

　영신봉을 오르는 까마득한 계단을 보고 강 사장과 김 작가는 더
이상 못 가겠다고 바닥에 퍼져 앉았다. 강 사장은 벽소령대피소에
서 배가 다시 아프다며 화장실을 다녀온 후에 자꾸 뒤로 쳐졌고,
김 작가는 오른발이 삐어서 반대 다리에 힘을 쓰니 왼쪽 허벅지에

가래톳이 섰단다. 장 대장은 먼저 가서 저녁밥을 준비하겠다며 김 작가의 배낭을 앞으로 메고 올라갔다.

쉬고 있는 강 사장을 두고 나는 김 작가를 재촉하여 수백 개의 계단을 올라갔다. 계단의 위쪽에 오르자 체력이 고갈되어 움직일 수 없었다. 물을 마시며 숨을 고르고 온 길을 내려다보니 중간 쉼 터에 있던 붉은 단풍나무가 까마득하게 보였다. 넋 놓고 바라보니 달비계에 앉아서 내려다보는 착각이 들었다. 선홍빛 단풍나무가 점점 크게 보이며 단풍나무를 향해 내려가는 것 같았다. 고개를 드니 절벽의 바위들이 거꾸로 올라가고 있었다. 달비계에 가속도 가 붙어 바닥에 충돌할 것 같았다. 나는 다리에 힘이 풀려 주저앉 을 듯이 비틀거렸다. 현기증이 나서 눈을 감고 구명줄을 잡았다. 김 작가는 깜짝 놀라 비틀거리는 내 팔을 잡아당겼다. 내가 구명 줄이라고 잡은 것은 그녀의 손이었다.

고갯마루에 오르니 누렇게 물든 나뭇잎 사이로 세석대피소의 지붕이 보였다. 이미 해는 서쪽 산으로 넘어가고 주위에 어둠이 내리깔리기 시작했다. 강 사장이 걱정되어 돌아보아도 보이지 않 았다. 내려가는 길도 힘든지 조심스럽게 스틱을 짚는 김 작가는 지친 표정이었다.

대피소에 도착하자 장 대장은 야외 식탁에서 김치찌개에 햄을 썰어 넣고 있었다. 김치찌개 냄새와 짜글짜글 찌개가 끓는 소리에 입속에서 군침이 돌았다. 나는 배낭에서 코펠을 꺼내 마트에서 사온 부대찌개 밀키트를 넣고 물을 부은 다음 부탄가스버너에 올려놓았다. 그사이 김 작가는 즉석밥을 네 개 사서 전자레인지에 돌려왔다. 김치찌개가 잘 익을 무렵 강 사장도 기진맥진해서 식탁으로 다가왔다.

—김치찌개에 술 한 잔씩 하세요.

장 대장은 대피소에서 술을 마시면 벌금이라며 생수병에 가지고 온 소주를 물처럼 큰 종이컵에 나누어 따랐다. 종이컵의 술을 조금 들이마시자 빈 뱃속으로 짜르르하며 내려갔다. 수분이 빠진 자리에 알코올이 채워지며 몸이 나른해지며 취기가 올라왔다.

—김 작가도 한잔해. 술기운이 있어야 잘 수 있어. 대피실 안은 땀 냄새도 나고 코고는 사람도 있어.

—대장님은 내 배낭까지 들고 오느라 힘들었지요.

그녀는 미안한 표정을 지으며 술을 들이켰다.

—후미를 맡으면 가끔씩 그런 일이 있어. 금년 겨울에 설악산에서 혼난 것에 비하면 아무것도 아니야. 남자 회원이 훈련을 시킨다며 고등학생 아들을 데리고 왔는데 학생이 입은 청바지가 뻣뻣하게 얼었어. 설악폭포에서 발을 올릴 수가 없어 산행을 포기하고 같이 하산했어.

—서울 가면 제가 소주 한잔 대접할게요.

—패잔병끼리 한 번 뭉치자고.

강 사장은 배탈이 다 나았는지 밥에 김치찌개를 잔뜩 비비면서 맞장구쳤다. 나도 술잔을 비우며 고개를 끄덕였다. 오늘 하루 고생을 같이해서 그런지 식탁의 분위기는 오래전부터 친한 사이처럼 푸근했다.

대피실의 전등이 소등되자 이곳저곳에서 합창을 하듯 코를 골았다. 옆자리의 강 사장도 눕자마자 바로 잠이 들었다. 나는 물먹은 솜처럼 몸이 쳐졌지만 허벅지와 장딴지가 당기고 욱신거려 잠이 오지 않았다. 점점 정신이 맑아지며 아내와 함께 고생한 지난날이 떠오르며 앞으로 혼자 어떻게 살아야 할까, 하는 생각만 머릿속에 가득했다.

아내는 아버지가 폐암수술을 받고 일 년여 자리에 누웠다가 돌아가실 때까지 홀시아버지를 십여 년 모셨다. 애들이 어린이집에 들어가자 마트와 식당에 파트타임을 다니며 틈틈이 돈을 벌어 빌라를 살 때 받은 대출을 갚았다. 미국으로 가서 큰처남의 가게에서 일을 하며 애들을 공부시켰다. 큰딸을 수산시장에서 도매상을 하는 사위한테 시집보내고 작은딸을 박사로 만들었다. 그런 아내에게 애들 뒷바라지가 끝났으니 이제 한국으로 돌아오라고 말할 수 있을까? 더군다나 처갓집 가족은 모두 뉴욕에서 살고 있는데…….

연정의 결혼식 때 나는 처음으로 미국에 갔다. 한 달 동안 미국에 있는데 말이 안 통해 대부분 시간은 좁은 아파트에 혼자 처박혀 있었다. 저녁이 되어 아내는 생선 비린내와 함께 가게에서 돌아왔다. 아내가 샤워를 하고 나서야 마트도 가고 공원에도 갔다. 그러나 십여 년의 시간은 촘촘하던 가족의 간격을 헐겁게 만들어 놓았다. 부부 사이에 애틋하던 감정은 이미 식었고 훌쩍 커버린 딸들과는 데면데면했다. 그래서 미국에서 돌아올 때는 가족과 헤어지는 섭섭함보다는 한국으로 돌아간다는 안도감이 앞섰다. 그때부터 오 년이 더 지난 지금은 더 간격이 벌어졌겠지? 이런저런 생각을 하다가 깜박 잠이 들었다.

부스럭대는 소리에 잠에서 깨어났다. 퀴퀴한 땀 냄새가 서늘한 공기를 타고 콧속으로 스며들었다. 평소에 안 쓰던 팔다리의 근육들이 여기저기 쑤셨다. 이른 새벽인데 천왕봉에서 일출을 보려는 사람들이 랜턴을 켜고 짐을 꾸려 나갔다. 시간이 일러 다시 잠을 청했지만 사람들의 발소리에 다시 깼다. 옆의 강 사장은 추운지 담요를 돌돌 말고 곤히 자고 있었다. 일찍 일어나서 아침식사를 준비해야지. 나는 자리에서 일어나 배낭을 챙겨 밖으로 나왔다.

대피소 밖에는 두세 명씩 짝을 지어 산행을 시작하는 사람들로 어수선한 분위기였다. 나는 빈 물통을 꺼내 샘터로 내려가서 식수를 받아왔다. 빈 식탁을 차지하고 코펠에 물을 담은 후에 가스버너에 불을 붙였다. 그리고 집에서 송송 썰어온 김치를 비닐에서 꺼내 코펠에 다 쏟아 넣었다.

끓는 김칫국에 누룽지를 넣고 있는데 장 대장이 배낭을 들고 식탁으로 왔다. 키는 작지만 땅땅한 체격의 그는 자고 나니 바로 체력을 회복한 것 같았다. 그는 펄펄 끓는 코펠에 어제 남은 밥을 집어넣었다. 김치죽이 될 무렵에 강 사장과 김 작가가 동시에 식탁으로 왔다. 강 사장은 부스스하게 보였는데 김 작가는 말끔한 얼굴이었다.

－어서들 와요, 김치죽을 끓여놓았어요.

큰 코펠에 하나 가득 끓여놓은 김치죽 때문에 나는 은근히 걱정했는데 네 명이 먹으면 적당할 것 같았다.

－칼칼한 것을 먹고 싶었는데 잘되었네요.

강 사장은 식탐이 있는 것 같았다. 어제 배탈 난 것을 잊었는지 김치죽이라는 말을 듣고 바로 식탁에 앉았다.

－젊은 제가 일찍 나와 아침밥을 준비했어야 하는데, 어른들이 준비한 것을……. 면목이 없습니다.

김 작가는 머쓱한 표정을 지으며 배낭에서 숟가락을 꺼냈다. 나는 코펠의 불을 끄고 김치죽을 네 그릇으로 나누어 폈다.

－김 작가, 발목은 어때?

장 대장은 그녀의 발목이 걱정되는 것 같았다.

－밤새 발목에서 열이 나고 쑤셔서 새벽에 잠이 들었어요. 지금은 부기가 좀 내리고 통증은 조금 멈추었지만 천왕봉을 오르는 것은 무리인 것 같아요.

－그러면 여기서 거림으로 하산해. 하산길이 가파르지 않아 천

천히 걸어도 두 시간이면 내려가. 내대리 정류장에 가면 하루에 네 차례 중산리로 오는 버스가 있어.

－강 사장님은 어떠세요?

－내 사전에 중도 포기는 없어.

장 대장은 김 작가 혼자 하산하는 게 걱정스러워 강 사장에게 묻는 것 같았다. 내대리? 어렸을 때에 어렴풋이 아버지한테 들어본 것 같은 지명이었다. 이번 기회에 그곳에 가볼까? 종주를 못 하면 어때, 혼자 연휴를 보내는 것이 무료해서 따라온 것인데……. 내가 김 작가와 함께 내려가는 것도 괜찮겠지.

－내가 김 작가와 같이 여기서 하산할게요.

－선생님 그럴 필요 없어요. 저 혼자도 갈 수 있어요.

그녀는 손사래를 치며 만류했다.

－다리 근육이 뭉쳐서 나도 천왕봉을 넘는 것은 무리예요.

－김 작가 혼자 보내는 것이 마음에 안 놓였는데, 그러면 다행이에요. 점심식사는 중산리 지리산산채식당으로 와서 드시면 돼요. 산채비빔밥을 예약해 놓았어요.

장 대장은 배낭에서 지리산 정밀 지도를 꺼내 손으로 짚어 가며 코스를 설명했다. 나는 지도를 끌어다 거림탐방소로 내려가는 길을 훑어보았다. 그곳에 내대리라는 지명이 눈에 들어왔다. 아버지가 술을 드시면 내대리의 계곡에서 놀던 어린 시절얘기를 자주 해 귀에 익었다.

능선 위로 떠오른 해는 세석평전의 넓은 들을 밝게 내리비쳤다. 파란 하늘엔 깃털구름이 한가로이 떠있고, 들판에는 철쭉 군락이 누렇게 물들었다. 납작한 돌이 깔린 길가에는 구절초, 쑥부쟁이가 여기저기 피어 있었다. 계곡에는 철이 지난 원추리의 노란 꽃도 하나둘씩 보였다. 척박한 땅에도 잘 자라는 쑥부쟁이와 달리 습한 계곡에서만 자라는 원추리는 연정과 같다는 생각이 들었다. 학교폭력을 당한 기억 때문에 연정인 한국으로 돌아오지 않고 미국인과 결혼을 택했을까?

나란히 옆에서 걷는 김 작가의 스틱 소리가 점점 둔탁해지며 숨소리도 점점 거칠어졌다. 다리의 통증을 참느라 입술을 악무는 모습이 연정과 흡사했다. 연정이도 학교폭력을 당하고 가끔 저런 표정을 지었지. 연정이 미국에 가지 않았으면 나와 가끔 산행을 했을까? 나는 고개를 가로저었다. 연정이가 떠난 다음에 학교폭력에 시달린 학생이 자살을 했다. 미국으로 보내지 않았으면 연정이도 견디지 못했겠지.

─시간도 이른데, 여기서 좀 쉬어요.

세석교를 지나 지리산의 남부능선이 보이는 전망대에서 나는 배낭을 벗으며 쉬어가자고 말했다. 눈앞에 천 미터가 넘는 봉우리들과 능선이 가로질러 있었다.

─지리산의 남부능선과 거림은 처음 보는데 지리산 공비들이

활동한 거대한 숲이라는 이름이 걸맞은 지역인 것 같아요.

콧등에 구슬 같은 땀이 송골송골 맺혀 있는 그녀는 남부능선이 그려진 간판에서 봉우리들을 짚어보며 말했다.

—저곳에서 공비들이 활동했군요. 아버지 고향이 산청이에요. 육이오 전쟁 때 열두 살 된 아버지를 서울로 올려보내고 할아버지는 할머니와 어린 삼촌과 고모를 데리고 산으로 피신했다가 전부 돌아가셨데요.

—낮에는 토벌대가 장악하고, 밤이 되면 공비 세상이라 선량한 주민들이 많이 죽었다고 해요. 민주화된 다음에 그때 사건을 소재로 한 글이 많이 나왔어요. 그때의 이야기를 보면 가슴 아픈 사건들이 참 많은 것 같아요. 그래서 이곳 철쭉이 더 핏빛으로 핀다는 말이 있어요.

거림골과 남부능선은 그때의 아픈 상처를 감추려는지 나무들이 무성하게 들어차 골짜기마다 푸르름이 가득했다. 칠십여 년 전 어느 골짜기에서 생을 마감했을 선친들을 생각하니 나는 마음이 숙연해졌다.

산청에 북한군이 들어오자 할아버지는 산으로 피신했다. 나이가 어리지만 체격이 컸던 아버지는 집에 있다가 북한군에 잡혀갔다. 할아버지도 아버지를 빼내러 갔다가 붙잡혀 같이 보급품을 나르는 부역을 하게 되었다. 국군이 실지를 회복하자 경찰은 북한군에 부역한 사람들을 색출했다. 할아버지는 아버지를 진주에서 버스를 태워 서울의 여동생 집으로 보냈다. 그러나 고모는 피난을 가서 서울에 없었다. 고모 외에 연고가 없는 아버지는 구걸하며 떠돌다가 극장에서 잡일을 하며 숙식을 해결했다. 그곳에서 간판 그리는 것을 배워 아버지는 극장이 문을 닫을 때까지 간판을 그렸다.

 ─아버지는 서울로 올라와 왕십리의 극장에서 간판장이가 되었어요. 어렸을 때부터 간판을 그리는 것을 보고 자라서 나도 칠을 하게 되었나 봐요.

내가 초등학교 3학년 되던 해에 어머니가 돌아가셨다. 나는 학교가 끝나면 개천 위의 판잣집에 혼자 있기 싫어 극장으로 갔다. 매일 그곳에서 간판을 그리는 것을 구경했다. 아버지는 밑그림도 없이 큰 붓을 부드럽게 돌리며 사람 얼굴을 그렸다. 나는 시너 냄새를 맡으며 막대기로 땅에 따라 그렸다.

 ─저는 겨울왕국을 보며 애니메이션을 배웠는데 엉뚱하게 지금은 웹툰을 그려요. 다음 작품으로 무당 이야기를 그릴까 생각하고 그 모티브를 얻기 위해서 반야봉에 들렀어요.

지리산의 주능선은 보이지 않았지만 반야봉과 마주보이는 천왕봉이 머릿속에 남아있는지 그 방향을 바라보며 그녀는 반야봉의 전설을 말했다.

 ─천신의 딸인 마고할미가 지리산에 내려와서 불도를 닦고 있던 도사 반야와 결혼하여 천왕봉에 살았데요. 그들은 딸만 8명을

두었는데, 반야는 더 많은 것을 깨우치려고 반야봉으로 가서 마고할미가 백발이 되도록 돌아오지 않았어요. 마고할미는 남편을 기다리며 딸들을 한 명씩 팔도에 보냈데요. 딸들이 팔도로 가서 모두 무당이 되었다는 전설이에요.

전설을 들으며 나는 가족과 함께 사는 것보다 도를 깨우치는 것이 중요한 것인가? 전국에 뿔뿔이 흩어져 무당이 된 마고할미의 딸을 김 작가는 어떻게 그릴까? 머릿속으로 혼자 질문하는 사이에 거림 쪽에서 등산객들이 계속해서 올라왔다. 그들에게 자리를 내어주고 우리는 천천히 산 아래로 걸음을 옮겼다.

내대리 버스정류장에 다다르자 코끼리보다 더 큰 집채만 한 바위가 길옆에 보였다. 바위를 자세히 보니 낯이 익다는 생각이 들었다. 내가 전에 이곳에 왔나? 여기에 온 기억은 없는데 어디에서 본 것 같았다. 책에서 보았나? 기억을 더듬다가 불현듯 아버지의 화첩에서 본 그림이 생각났다. 분명히 저 바위의 그림이었다.

아버지가 돌아가시고 아내가 유품을 정리하다가 양장노트 하나를 가져다주었다. 노트를 펼쳐보니 드로잉 연필로 스케치한 그림이 열 장 넘게 들어있었다. 화첩에는 바위, 암자, 계곡, 폭포 등이 그려져 있었다. 어디서 그린 그림인지 몰라도 아버지가 남긴 그림이라 유품으로 이십 년이 지난 지금도 그 화첩을 책장에 보관했다.

아버지는 전쟁이 끝난 후에 부모와 동생들이 산에서 죽었다는 사실을 알고 고향을 등졌다. 서울에서 호적을 새로 만들고 고향을 찾아가지 않았다. 아버지가 산청에 갔다는 말을 들은 적이 없는데 언제 이곳에 와서 바위그림을 그렸을까? 자세히 보니 바위 위에 나무가 하나 보였다. 아버지의 그림에도 작은 나무가 분명히 있었다. 겉보기에는 아버지가 고향을 잊은 것 같았는데, 몸이 아프니 가족들이 생각났던 것일까? 부모와 어린 동생들이 잠든 곳을 죽기 전에 가보고 싶었겠지. 아버지는 폐암 수술하기 바로 전에 다녀가신 것 같았다.

정류장에 가서 중산리로 가는 버스 시간을 알아보니 약 한 시간의 여유가 있었다. 온몸이 뻐근했지만 나는 배낭을 벗어 김 작가에게 맡기고 내려오면서 본 지리산 공비 토벌 루트의 안내판으로 다시 갔다. 안내판을 자세히 읽어 보니, 이곳에서 십 분 정도 올라가면 길상암이 있고 그 위의 도장골에 공비들의 아지트가 있었다고 적혀 있었다. 할아버지가 식구들을 데리고 피신한 곳은 도장골이겠지. 그곳으로 올라가면 아버지가 그린 장소가 더 나오겠지.

안내판에서 십여 분 걸어 오르자 입구에 길상암이라고 쓴 간판이 보였다. 조금 더 걸어가자 화첩에서 본 작은 암자가 나왔다. 길상암을 둘러보고 시간의 여유가 있어 암자 옆의 계곡으로 내려갔다. 넓은 계곡을 거슬러 올라가자 작은 폭포가 보였다. 떨어지는 물의 양이 적어 다르게 보이지만 분명히 아버지의 화첩에서 본 폭포였다.

폭포로 다가가 내려오는 물을 두 손에 받아먹었다. 아버지도 폭포를 그리며 이 물로 목을 축였겠지. 목이 마르던 터에 마신 시원한 물은 몸에 바로 스며드는 것 같았다. 더 이상 오르지 못하고 이제 내려가야 할 시간이었다. 계곡 위에 핏빛처럼 검붉게 물든 단풍나무가 보였다. 나무에 다가가서 도장골에 온 기념으로 빨간 단풍나무 잎을 하나 땄다. 그리고 지갑을 꺼내 단풍잎을 소중히 넣었다. 집에 가면 도장골의 단풍나무 잎이라고 아버지께 말하며 화첩에 넣어 드려야지.

바위가 보이는 곳까지 내려와서 걸음을 멈추고 지리산을 돌아보았다. 파란 하늘 밑으로 넓게 펼쳐진 지리산이 어머니 품과 같이 풍성하게 보였다. 누렇게 물든 봉우리들이 거대해 보였지만 앞에 보이는 바위도 지리산을 마주 보며 기죽지 않고 당당하게 서 있었다. 그 당시 아버지는 우뚝 솟은 바위를 보고 할아버지의 마음을 느낀 것이 아닐까? 오래전 바위를 그리던 아버지의 모습을 상상하니 가슴이 먹먹해졌다. 어떻게 하든지 아버지만큼은 지키고 싶었던 할아버지의 어려운 결정을 저 바위를 통해 나도 이제 알 것 같았다.

화첩에서 본 바위그림은 예전에 아버지가 그린 그림들과 조금 다르다는 것을 비로소 알아차렸다. 간판을 그린 아버지는 모든 선을 한 번의 획으로 단숨에 그렸다. 그러나 화첩에 그린 바위는 굵은 하나의 선 대신에 여러 개의 가는 선으로 이루어졌다. 아버지는 할아버지를 생각하며 바위그림에 자신의 한을 담은 것이 아닐까? 어린 나이에 가족을 떠나 타향에서 살게 된 아픔과, 부모와 어린 두 동생을 저세상으로 떠나보낸 아픔과, 부역자라는 낙인이 찍힐까 두려워 고향을 버린 아픔을 선 하나하나에 담은 것 같았다. 가족을 미국으로 보내고 혼자인 나는 어렴풋이 아버지의 아픔을 이해할 수 있을 것 같았다.

우뚝 솟은 바위에 밝은 햇빛이 내리비쳤다. 바위의 그늘진 앞면에 사람의 얼굴이 보이는 것 같았다. 할아버지의 얼굴일까? 할아버지를 사진으로도 본 적이 없지만 나는 바위를 할아버지바위라고 이름 지었다. 가까이 다가가서 할아버지바위를 휴대폰에 담아가야지. 근육이 뭉쳐서 다리가 조금 당겼지만 바위로 향하는 발걸음은 가벼웠다.

중편

노란 산수유 꽃이 핀 동산

1

겨우내 가지만 앙상하던 나무 사이로 노란 꽃이 보였다. 영하의 추위가 계속되어 봄이 늦어지나 했는데 며칠 따뜻한 날씨에 계곡에 있는 생강나무가 꽃망울을 활짝 터트렸다. 노란 꽃을 보니 졸졸 흐르는 물소리가 크게 들리고 계곡을 거슬러 생강냄새가 은은하게 올라오는 것 같았다.

생강나무꽃이 피었으니 산수유도 피었겠지. 소영은 핸드폰을 꺼내 노란 꽃을 찍어 수진에게 보냈다. 산수유 마을에 가면 꽃이 핀 나무는 물론 그늘까지도 노랗게 물든다며 봄이 오면 그곳에 놀러 가자고 수진이 말했다. 집에만 있어 답답한데 돌아오는 휴일에 산수유를 보러 가자고 해야지. 소영은 수진한테서 생강나무와 산수유꽃을 구분하는 법을 배웠다. 생강나무꽃은 샛노란 솜이 가지에 달라붙어 있는 것처럼 보이고 산수유는 노란 꽃대가 가지에서 올라와 막대사탕처럼 보인다. 막대 위에서 꽃술이 피면 노란 폭죽이 터지는 모양이 된다.

페트병에 약수 물을 받아 놓고 소영은 허리 돌리기 기구에 올라갔다. 매일 아침 약수터에서 허리돌리기를 천 번이나 하는데 뱃살은 빠지지 않는다. 텔레비전의 건강프로를 보면 복부비만이 성인병의 원인이라고 하는데 소영인 팔다리는 가늘고 배만 나왔다. 어떻게 뱃살을 빼지? 횟수를 더 늘릴까? 그런 것은 생각뿐이고 속으로 천하고 세는 것과 동시에 숨차고 힘들어 기구에서 내려왔다. 조금 쉬었다가 한번 더해야지, 라고 생각하며 소영은 의자에 가서 털썩 주저앉았다.

수진이 유방암에 걸려 그녀를 보살피며 지낸 지 벌써 삼 년이 되었다. 수술과 항암치료가 잘되어 이제 수진이 정상적인 생활로 돌아왔으니 소영은 이제 떠나도 될 것 같았다. 작년에 복직한 학교에도 이젠 잘 적응하니 수진이 정년까지 다니는 것은 큰 무리가 없겠지. 수진인 그냥 같이 살자고 하지만 소영이 살면서 이렇게 한곳에 머무른 것은 처음이라 갑갑해서 몸살이 날 지경이었다. 이곳을 떠나려면 일단 진영한테 찾아가서 일자리를 알아봐 달라고 해야지. 진영이 노래방은 한 시에 문을 여니 서둘러야겠어. 소영은 갑자기 마음이 급해졌다.

약수물을 넣은 배낭이 어깨를 짓눌렀지만 가파른 산길을 빠른 걸음으로 내려왔다. 산길을 벗어나자 좁은 골목길 사이로 작은 빌라들이 옹기종기 붙어있는 동네가 나왔다. 골목의 중간에 할아버지가 총총걸음으로 내려가고 있었다. 왼팔을 허공에 허우적대며 걷는 모습이 경사진 길이라 위태롭게 보였다.

—지금 은행으로 가는 중입니다. 통장에 있는 돈을 전부 찾아 집에 보관하라고요.

할아버지의 통화소리가 소영에게 크게 들렸다. 이건, 보이스피싱 같은데. 소영은 발걸음을 늦추고 할아버지의 뒤에 가까이 붙어 전화 내용을 엿들었다.

—금융감독원에서 사람을 보낸다고요.

얼마 전에 뉴스에서 들었던 내용이었다. 틀림없이 할아버지가 보이스피싱에 걸려든 것 같은데 할아버지한테 말해 드릴까? 소영이 망설이며 천천히 따라가니 할아버지는 전철역 앞의 은행으로 들어갔다. 돈을 전부 찾는다고 하면 은행원이 보이스피싱을 알아차리고 말해 주겠지.

시간이 흘러 밖에서 기다리던 소영이 자리를 떠나려고 하는데 쇼핑백을 들고 은행에서 나오는 할아버지가 보였다. 돈을 다 찾았나? 쇼핑백 안에 돈이 들었다고 생각하니 갑자기 소영의 가슴이 두근거렸다. 저 돈만 있으면 당장 방을 얻어서 떠날 수 있잖아. 안 돼, 절대로 남의 돈을 넘보지 않기로 결심했잖아. 그러나 해외에 있는 놈들에게 돈이 넘어가는 것을 막는 것은 나쁜 일이 아니잖아? 놈들에게 넘어가기 전에 내가 가로챌까? 그런데 혼자 어떻게 하지? 진영과 홍진이가 있으면 이건 식은 죽 먹기인데. 소영은 예전에 셋이서 했던 일들을 떠올렸다.

소영은 좁은 골목으로 들어가서 빌라의 주차장에 페트병을 빼고 빈 배낭을 구석에 잘 숨겨 놓았다. 돈을 들치기해서 배낭에 넣고 도망가야지. 소영은 골목에 숨어 할아버지가 올라오는 것을 기다렸다. 할아버지가 십 미터 정도의 거리에 왔을 때, 걸음의 폭을 눈대중으로 계산하고, 소영이 잽싸게 달려 나갔다. 할아버지의 발 밑에 소영이 발을 들이밀었다.

—아얏.

소영이 발을 일부러 밟히고 크게 비명을 지르며 손에 들고 있던 동전을 바닥에 일부러 떨어뜨렸다. 동전이 쨀랑하며 사방에 떨어져 굴렀다. '아이쿠', 하고 자리에 주저앉았던 할아버지는 자신이 여자의 발을 밟은 것을 알고 미안한지 일어나서 쇼핑백을 놓고 떨어진 동전을 주웠다.

소영은 옆에 놓인 쇼핑백을 들고 골목으로 빠르게 뛰었다. 배낭을 둔 곳까지 달려왔지만 할아버지가 도둑이야 소리치며 쫓아오는 소리가 들리지 않았다. 어떻게 된 일이지? 그 순간 소영의 몸이 공중으로 붕 뜨는 것을 느꼈다. 허리를 누군가 뒤에서 단단히 잡고 있었다. 어디가 잘 못 되었지? 소영의 몸은 균형을 잃으며 앞으로 고꾸라졌다.

2

암이 재발했다는 수진의 편지를 교도소에서 받았다. 편지를 본 후에 수진이 걱정되어 소영은 출소하는 날을 손꼽아 기다렸다. 교도소를 출소하자마자 수진에게 전화했지만 연결이 되지 않아 곧바로 집으로 향했다.

전철역에서 수진의 집으로 올라가는 길은 겨울에 눈이 쌓이면 등산화에 아이젠을 하고 다니는 가파른 길이었다. 군데군데 파인 길에 캐리어의 바퀴가 빠져 끌기 힘들었다. 그러나 골목의 끝에 빨간 벽돌로 된 수진의 집까지 쉬지 않고 올라갔다. 현관에 해피빌이라는 파랗게 녹슨 신주는 이 년 전과 변함없이 소영을 맞았다.

3층 계단을 쉬지 않고 올라가 숨을 고르며 301호의 인터폰을 눌렀다. '떵똥, 떵똥' 하는 소리가 집안에서 들려왔다. 귀를 기울여도 안에서는 아무런 기척이 없었다. 정말 수진이 집을 떠난 것인가? 소영은 기억을 더듬으며 비밀번호를 하나씩 눌렀다.

7. 7. 3. 4. #. '삐리릭' 하고 디지털 키가 열렸다. 조심스레 문을 열자 묵은 먼지 냄새가 밖으로 밀려 나왔다. 신도 벗지 않고 안방으로 달려가 문을 열었다. 방에 수진이 없었다. 수진이 정말로 많이 아파서 산골로 갔나?

작년 봄에 수진이 교도소로 편지를 보내왔다. 유방암이 재발했으나 수술은 불가능하여 항암치료를 하고 방사선 치료를 받는 중이라고 했다. 치료를 마치면 집을 떠나 산골로 들어가서 살겠다고 했다. 수진이 힘든 치료를 이겨내서 거의 완치되었다고 믿고 있었는데……. 소영은 자신이 수진을 보살펴 주지 못해 암이 재발했나 하는 자책감이 들었다.

가슴이 답답하여 거실의 커튼을 활짝 젖혔다. 창밖에 보이는 연초록 산에는 벚꽃이 흐드러지게 피어 있었다. 새로 돋은 초록 잎 사이로 햇빛이 거실로 깊게 들어왔다. 먼지가 쌓인 바닥에 소영의 발자국이 여기저기 찍혀있고 가벼운 먼지가 밝은 햇빛 사이로 어지럽게 떠다녔다. 우선 청소부터 해야지. 창문을 열자 신선한 바람이 거실로 밀려 들어왔다.

청소를 마치고 커피믹스를 타서 소파에 앉았다. 뜨거운 커피를 한 모금 들이켰다. 구수한 커피 냄새와 함께 당분이 몸속에 들어가자 마음이 차분히 가라앉았다. 어떻게 해야 수진이 간 곳을 찾을 수 있지? 일단 수진이 방을 뒤져봐야지. 수진이 쓰던 작은 화장대 위에 흰 봉투가 보였다. 봉투의 앞면에 소영에게라고 쓰여 있는 봉투를 서둘러 열었다. 첫 소절을 읽자 뜨거운 눈물이 저절로 흘러나왔다.

소영아 힘든 수감생활을 잘 마쳤지.

네가 이 편지를 읽을 때까지 내가 살아 있을지 모르겠다. 네가 삼년동안 열심히 돌보아 준 보람도 없이 암이 재발했단다. 그동안 조심했지만 죽고 사는 문제는 하늘의 뜻이니……. 뼈로 전이가 되어 수술도 못 하고, 항암치료와 방사선치료를 했어. 치료가 너무 고통스러워 이제 더 이상의 치료는 버티기가 힘들단다. 그래서 산골로 들어가 나머지 삶을 살기로 결정했어.

이 집과 예금은 너에게 상속하기로 유언장을 쓰고 공증해 놓았어. 내가 죽으면 책장에 있는 서류를 가지고 변호사 사무실로 가면 사무장이 다 처리해 주실 거야. 지금에야 말하지만 나는 너에게 받기만 하고 해준 것은 아무것도 없었어. 내가 교대에 입학했을 때, 네가 형철오빠의 소개로 옷가게에 취직하여 선불로 받았다며 입학금을 내주었잖아. 그때부터 네가 나쁜 길로 접어들은 걸 나중에 알았어. 등록금 낼 때마다 네 도움을 받아 졸업하고 선생님이 될 수 있었지.

그런데 나는 친구가 전과자라는 게 학교에 알려질까 두려워 너를 멀리했어. 그러나 너는 내가 아프다는 것을 알고는 삼 년 동안 내 곁에서 간병을 해주었지. 암이 재발했다는 검사결과를 받고 학교도 퇴직했어. 퇴직금이 나와 일부 통장에 넣어 두었어. 출소해서 돈이 필요하잖아. 너에게 주는 돈이니까 부담 갖지 말고 써. 통장과 도장은 책상 서랍에 있어. 통장비밀번호는 집에 들어오는 번호와 같아.

그리고 너한테 고백하고 싶은 일이 하나 있어. 비밀번호를 정한 이유를 알려줄게. 그날이 파양되어 보육원으로 돌아온 날이야. 사람들이 왜 돌아오게 되었나 하고 물으면, 나는 그냥 그 집에서 내가 마음에 들지 않았나 봐, 라고 말했지만, 사실은 성폭행을 당하고 쫓겨 온 거야. 대학생이던 그 집 아들한테 세 번이나 성폭행을 당했는데, 어린 나는 무서워서 말도 못 했어. 일하는 아주머니가 이불에 남아있는 핏자국을 알아보면서 일이 밝혀졌어.

그때는 내가 어려서 나중에 크면 복수해야지, 라고 생각하며 그 자의 이름을 기억했지. 그날을 잊지 말기로 결심하고 파양된 날을 비밀번호로 정했어. 그동안 아이들을 가르치며 복수할 생각은 잊고 있었지. 그런데 작년 추석에 그자가 텔레비전 프로에 나온 것을 본 순간 그때가 다시 떠오르며 화가 나서 참을 수 없었어. 명사들 가족이 나오는 오락프로였는데, 사십 오 년이 흘렀어도 두 아들과 딸 그리고 사위와 며느리를 거느리고 나온 그자를 대번 알아보았어. 사회자는 그자를 여러 곳에서 늘 사회에 봉사하는 명사라고 소개했어.

죄를 지으면 언젠가는 벌을 받는다고 아이들을 가르쳐 왔는데, 세상엔 그렇지 않은 경우가 많아. 오랜 시간이 흘렀지만 그때의 강렬한 고통 때문에 그 일을 잊는 것이 잘 안돼. 그 때문에 암이 재발한 것일까? 내가 살려면 이런 생각들을 버려야 할 것 같아서 산으로 가는 거야.

내가 혼자 간직했던 아픔을 너에게 털어놓으니 한결 마음이 가벼워지는 것 같아. 진작 너한테 알렸으면 건강이 나빠지지 않았을까? 그리고 내가 마지막으로 하고 싶은 말은 죄를 짓는 일은 이제 절대 하지 말고 남은 인생은 오직 너만을 위해 보람되게 살라는 말을 남기고 싶다.

원장님이 소영과 수진을 불러서 내일 아침에는 몸을 깨끗하게 씻고 명절에 입던 옷을 입으라고 말했다. 내일 입양을 원하는 사람이 온다는 것이겠지. 소영은 밤에 자리에 누워도 잠이 잘 오지 않았다. 어린아이를 입양하는 경우는 가끔 있어도 초등학생을 입양하는 경우는 흔치 않았다. 이번이 보육원을 떠날 수 있는 마지막 기회였다. 얼굴도 수진보다 예쁘고 노래도 잘 부르니 틀림없이 자신이 입양되겠지 하고 소영인 생각했다. 원장님이 노래를 시키면 무슨 노래를 부르지. '고향의 봄'을 부를까? 속으로 흥얼흥얼 노래를 불러 보았다. 그 노래보다는 '과수원 길'이 더 어울릴 거야. 소영은 과수원 길을 부르다 까무룩 잠이 들었다.

소영은 아침에 입안이 까칠까칠해서 보리밥이 제대로 넘어가지 않았다. 수진은 자기 밥을 다 먹고 소영이 남긴 밥까지 가져다 먹었다. 제는 긴장도 되지 않나 봐. 이 지긋지긋한 보육원을 떠나고 싶지 않나? 소영은 목이 말라 물만 벌컥벌컥 들이켰다. 긴장되어 그런지 또 오줌이 마려웠다. 손님들이 오기 전에 빨리 화장실을 다녀와야지. 소영은 쪼르르 화장실로 달려갔다.

수진은 원장실의 문을 열며 목례만 가볍게 했지만 소영은 "안녕하세요"라고 크게 소리치며 들어갔다. 원장님의 의자에 앉아있는 중년신사가 웃음을 띠었다.

─어서 와서 인사드려라. 여기 사장님은 우리 보육원에 많은 후원을 해 주시는 훌륭한 분이란다. 저 애 둘이 제가 추천해 드리는 애들입니다.

─안녕하세요. 김소영입니다.

소영은 웃으며 말하려 했으나 긴장하여 얼굴이 일그러지며 말이 제대로 나오지 않았다.

─안녕하세요. 김 수진입니다.

─두 명 다 김 씨네요?

원장님 건너편에 앉은 둥근 얼굴에 부드러운 눈매를 가진 인자한 모습의 아주머니가 물었다.

─애들의 성을 모르면 여기서는 전부 제 성을 따라 이름을 짓습니다.

─그렇군요. 소영은 작지만 예쁘게 생겼고, 수진은 크고 튼튼하네. 그런데 너희들 공부는 어떻게 하니?

소영은 가슴이 철렁 내려앉는 것을 느꼈다. 평소에 놀지만 말고 공부를 할 걸, 하고 후회가 되었다.

─소영인 중간 정도 성적이고, 수진인 반에서 부반장을 하며 성적도 일 이등합니다.

아주머니는 실망한 표정을 짓고, 중년신사의 얼굴은 환해졌다.

─변두리 학교에서의 성적은 중요하지 않잖아요? 어차피 다시 가르쳐야지.

소영은 아주머니의 말에 희망을 갖고 중년신사의 대답을 초조하게 기다렸다.

─그래도 머리가 나쁘면 암만 가르쳐야 소용이 없어.

갑자기 눈물이 핑 돌아 소영은 눈앞이 흐려졌다. 저 아저씨 집에 가다 확 넘어져라, 하는 저주의 말만 속으로 떠올렸다.

─더 물어보실 말씀 없으시지요? 그러면 너희들은 나가 있어라. 멀리 가지 말고 부르면 빨리 와라.

넓은 꽃밭이 내려다보이는 이층 방에서 '과꽃'을 부르는 걸 상상했는데……. 소영은 그들이 타고 온 차의 앞자리에 수진이 타고 가는 것을 쓸쓸한 마음으로 배웅했다.

오학년이 되어 반 배정을 받고 수업이 일찍 끝났지만 소영은 신이 나지 않았다. 수진과 친하게 지내지는 않았지만, 수진이 부반장을 하여 보육원에서 다니는 애라고 반에서 소영일 따돌림 시키지 않았는데, 오늘은 학교에서 외톨이가 된 기분이었다. 학교가 끝나서 혼자 터덜터덜 보육원으로 돌아왔는데 애들이 원장님이 찾는다고 전했다.

원장실 문을 열고 들어가자 모직으로 된 벽돌색 투피스차림의 수진이가 소파에 앉아 있었다.

　−수진아! 놀러 왔어?

　거의 한 달 만에 보는 수진인 얼굴에 살도 포동포동 붙고 거칠었던 피부도 뽀얘졌다. 그런데 표정은 밝지 않고 눈에는 눈물이 그렁그렁했다. 무슨 일이지?

　−소영아, 수진이가 다시 돌아왔으니, 네가 데리고 가서 보살펴 줘라.

　소영은 수진의 가방을 들고 먼저 원장실을 나왔다.

　−어떻게 된 거야?

　소영은 뒤따라 나오는 수진에게 큰 소리로 물었다.

　−내가 마음에 들지 않았나 봐.

　수진이 작은 소리로 대답했다.

　−입양한다고 데려갔으면 잘 보살펴 줘야지, 마음에 안 든다고 돌려보내. 애완동물을 데려간 것도 아니고 자기들 멋대로 그렇게 해도 되는 거야?

　신사복을 입고 폭군같이 생긴 아저씨가 그렇게 한 것 같았다. 소영은 자신이 뽑혀 가지 않은 것이 다행이라는 생각도 들었다. 수진이 소리가 들리지 않아 돌아보니 그 자리에 서서 울고 있었다. 소영은 수진을 화단에 앉히고 살포시 안아주었다.

　−얘, 잘 돌아왔어. 그런 집에서 사느니 여기가 훨씬 좋아. 언니, 오빠. 동생도 많고, 나도 있잖아.

수진은 울음을 멈추고 고개를 끄덕거렸다.

─애, 그런데 무슨 옷이 이렇게 많니?

수진이 가지고 온 큰 비닐가방이 뚱뚱하게 부풀어 있었다.

─너 곰 인형 갖고 싶다고 그랬지?

수진은 가방을 열고 곰 인형을 꺼내 소영에게 건넸다.

─정말 나한테 주는 거야?

수진이 고개를 끄덕였다. 소영은 애들한테 곰 인형을 자랑하고 싶어 화단에서 벌떡 일어났다.

소영은 큰 방에서 여자 원생 열 명과 같이 생활했다. 모두 위의 언니들이라 소영의 잠자리는 제일 윗목이었다. 숙소에서 밤 열 시가 되면 모두 잠자리에 들어야 하는데 불을 끄는 담당은 막내인 소영이 맡아서 하고 있었다. 불을 끄려고 이불에서 일어나자 수진이 소영의 팔을 잡았다.

─불 켜고 자면 안 돼?

─원장님도 전기를 아끼라고 말씀하시는데 언니들한테 혼나지. 언니들 이제 불 끌게요.

소영이 불을 끄고 자리에 눕자, 수진이 옆으로 바싹 다가와서 소영의 손을 끌어다 꼭 잡았다. 소영은 한 손엔 인형을 안고 한 손은 수진에게 잡힌 채 바로 잠이 들었다.

3

수진이 집을 떠나 산골로 간 것이 확실했다. 수진이 간 곳을 어떻게 찾을 수 있을까? 노트북은 보이지 않고 구형 데스크톱컴퓨터는 책상 위에 그대로 있었다. 소영은 책상에 앉아 컴퓨터를 켰다. 화면에는 십여 개의 폴더가 나타났다. 폴더의 제목을 살펴보니 초5 국어, 초5 산수 등 학습 교재에 대한 내용이고 어떤 단서도 없었다.

컴퓨터 수리를 하는 홍진한테 수진을 찾을 방법이 있는지 물어봐야지. 소영은 진영의 남편인 홍진에게 전화를 걸었다.

─처형, 오늘 출소란 얘기는 들었어요. 몸은 어때, 건강하지요?

신호음이 길게 울린 다음 전화기에서 그의 목소리가 들렸다.

─그래. 진영이도 잘 있지? 너한테 물어볼 게 있어서 전화했어. 나와서 보니 수진이가 암이 재발해서 산으로 들어갔다고 하는데 내가 간 곳을 찾을 수가 없어. 수진이가 두고 간 컴퓨터가 있는데 폴더에는 교육 자료밖에 없어, 찾는 방법이 없을까? 내가 컴퓨터를 잘 모르잖아, 네가 좀 도와주어야겠어.

─지금 고치는 노트북이 열 시가 되어야 끝이 나요. 우선 인터넷에 들어가서 수진이 처형의 메일을 열어 보세요. 그러면 최근에 사용한 메일까지 다 뜰 거예요. 그걸 읽어보고 안 되면 전화하세요.

─그래, 고마워. 나중에 셋이 한 번 뭉치자. 내가 한잔 쏠게.

전화를 끊고 책상의 서랍에서 수진의 명함을 찾았다. 명함에 쓰여 있는 인터넷주소를 치니 다행히도 비밀번호가 자동으로 로그인되었다. 이메일의 내용은 주로 유방암의 정보에 대한 것이었고, 작년 초에 공인중개사 사무실과 메일을 주고받은 것이 두 건 있었다.

메일을 열어 보니 P읍에 있는 부동산 업체였다. 두 건 모두 비어 있는 집의 소유자와 연락이 되어 매매가 가능하다는 것이었다. 집과 주변의 사진과 투자가치 분석자료 등이 서너 장씩 정리되어 있었다. 소영이 사무실로 바로 전화했으나 시간이 늦어 전화를 받지 않았다.

소영은 깊이 잠들지 못하고 새벽에 일어났다. 수진에게 전화를 해도 연결이 되지 않고, 전화도 없는 걸 보면 수진이 몹시 아픈 것이 틀림없었다. 부동산 사무실이 문을 열 때까지 집에서 기다릴 수가 없어서 소영은 아침 일찍 P읍으로 가는 시외버스를 타러 터미널로 나갔다.

오랜만에 보는 고속도로 풍경은 예전과 많이 변해 있었다. 서울부터 천안까지 고속도로 주변은 아파트 단지의 연속이었다. 고속도로 주변은 서울과 한 덩어리가 되어 있었다. 전에 시외버스를 타고 지방으로 원정 다닐 때는 양재를 지나면 집이 없었는데…….봄에는 꽃놀이 관광객을 따라다니고, 여름이면 해수욕장에서, 가을이면 단풍놀이를 쫓아다니며 사람들의 주머니를 털었지. 철없이 돌아다니며 남의 것을 훔치던 어린 시절이 잠시 머릿속에 떠올랐다.

P읍에 도착하자 소영은 십여 년 전이 문득 떠올랐다. 이곳의 오래된 절에 있는 매화가 천연기념물로 지정되었다는 소식을 듣고 관광버스를 타고 수진과 봄나들이를 왔다. 그때 매화는 꽃망울만 피었고 대신에 덤으로 구경한 산수유가 꽃망울을 터뜨렸다. 소영은 장미, 작약과 같은 빨간 꽃을 좋아하는데 수진은 개나리, 산수유와 같은 노란 꽃을 좋아했다. 수진이 유난히도 산수유꽃을 좋아했지.

부동산 사무실에 들렀지만 수진이 간 곳을 찾지 못했다. 단지 수진이 산수유마을 근처의 산골 집을 찾았다는 정보만 얻었다. 한 부동산이 소개한 집은 마을 안에 있어서, 다른 부동산이 소개한 집은 전기가 들어가지 않아, 수진이 거절했단다. 무작정 산수유마을로 가볼 수도 없고, 이제 어떻게 수진을 찾지?

마침 P읍은 장날이었다. 소영은 장 구경을 하며 사람들을 살폈다. 수진이 장에 나오지 않았나 하고 장터를 천천히 두 바퀴나 돌았지만 보이지 않았다. 아침도 거른 소영은 지치고 허기가 저서 더 이상 걸을 수가 없었다. 마침 장터의 끝에 먹거리를 파는 곳이 있었다. 김이 무럭무럭 나는 소머리국밥집이 보였다. 국밥을 먹고 기운을 차려 방법을 찾아야지. 천막 안에 가마솥을 걸어 놓고 국밥을 끓이는 음식점으로 들어갔다. 수진이도 소머리 국밥을 좋아하는데 음식점 안을 둘러보았으나 식탁에는 술을 먹고 있는 남자들만 자리를 차지하고 있었다.

국밥을 가져온 아저씨가 입은 주황색 조끼가 소영의 눈에 확 들어왔다. 참 수진이가 노란 조끼를 떠서 교도소에 보내왔지. 수진이 이곳에서 뜨개질을 한 것이겠지. 수진은 어려서부터 실뜨기를 좋아했다. 소영이 남자애들과 자치기, 말타기 놀이, 비석놀이를 할 때 수진은 양지바른 곳에 앉아 실뜨기를 했다. 그래 국밥을 빨리 먹고 시장에서 털실 파는 곳을 찾아봐야지.

시장 안의 수예점을 찾아가 작년부터 산수유마을에서 오는 여자가 있는지 물었다. 여러 곳을 찾아다니다 한 가게에서 작년부터 움터골에서 오는 손님이 있다고 했다. 소영이 수진의 사진을 휴대폰에서 찾아 보여주자 그 손님이 맞는다고 확인해 주었다. 움터골로 가는 막차 시간이 지나 소영은 지체하지 않고 택시를 잡아탔다. 기사는 움터골은 산수유마을에서 약 1㎞ 산으로 들어가는데 골짜기가 여러 군데로 갈린다고 했다. 소영은 움터골에 가서 물어봐야지, 라고 생각하며 일단 가달라고 했다. 산수유마을에 오니 마침 전업사가 보였다. 그곳에서 물어보니 수진이 집에 전기공사를 하였다며 위치를 알려주었다. 마을을 지나 큰 고개 하나를 넘은 다음에 나오는 작은 언덕에서 택시를 내리라고 했다. 그곳에서 좁은 산길을 약 오백 미터 올라가면 작은 조립식 집이 나온다고 알려주었다.

일곱 시가 조금 넘었는데 해가 떨어지자 산길은 어둠이 내리깔렸다. 소영은 휴대폰으로 플래시를 켜서 앞길을 밝혔다. 차가 한 대 간신히 지나갈 만한 길의 양쪽엔 잡목이 무성했다. 산으로 들어갈수록 어둠이 칠흑 같아 소영은 겁이 났다. 수진이 밤이 되면 무서움을 타는데 여기서 어떻게 살지?

십여 분 올라가자 멀리서 개가 짖는 소리가 들렸다. 산속에 넓은 공간이 나타나고 개 짖는 소리가 점점 크게 들렸다. 그 끝에 전깃불이 켜진 작은 집이 보였다. 이곳에 집이 한 채밖에 없다고 했으니 저 집이 분명히 수진이 사는 집이겠지. 소영은 빠른 걸음으로 가서 손으로 문을 마구 두드렸다. 잠시 후, 현관에서 인기척이 들렸다.

－누구요?

굵은 남자 목소리가 안에서 들렸다. 소영은 깜짝 놀라 그 자리에 주저앉을 뻔했다. 웬 남자지? 수진이 집이 아닌가?

－여기에 수진이라고 있어요?

소영이 크게 소리쳤으나 개 짖는 소리에 잠겨버렸다. 잠시 후에 '삐리릭' 하고 소리가 나고 문이 조금 열리며 예비군복을 입은 사람이 보였다. 잘못 찾아온 것 같아 소영은 가슴이 덜컹 내려앉았다.

－근처에 여자가 혼자 사는 집을 찾는데요.

수진이 이사 간 것인가? 이 남자는 수진이가 간 곳을 알고 있을까?

4

수진이 어렴풋이 잠에서 깼으나 아직도 어두운 새벽이었다. 어제 열 평 남짓한 텃밭을 갈았더니 몸이 나른했다. 숙면을 해서 머리는 맑고 가벼웠지만 팔다리 근육들이 욱신거렸다. 사월 중순이지만 산속이라 아직 추워 코끝이 써늘했다. 따뜻한 이불 속에서 일어나기가 싫었다. 그대로 누워서 오늘은 무얼 하지 생각하며 게으름을 피웠다.

오늘은 장날이지. 장에 가서 사와야 할 것들을 머릿속으로 하나씩 꼽아 보았다. 우선 종묘상에 가서 텃밭에 심을 씨앗을 사야지. 어제 밭을 갈며 심을 곳을 정한 대로 씨앗의 종류를 꼽아 보았다. 배추, 무, 상추. 아욱, 적 겨자, 부추 그리고 씨감자가 필요했다. 참, 호박씨도 사다가 산 쪽으로 심어야지 호박이 안 달리면 어때, 여름내 잎을 따다 국도 끓이고 쪄서 쌈도 먹어야지. 수진은 이불 속에서 한참 꾸물거리다가 일어났다. 장날이라 새벽 산책을 건너뛸까 하고 생각했지만, 그렇게 게으르면 안 된다고 자신을 타일렀다. 개들도 아침 산책을 하고 싶어 수진이 언제 밖으로 나오나 하고 기다릴 텐데.

검은 산 위로 하늘이 희붐하게 밝아왔다. 산은 먹물이 묻어나올 듯 검고, 하늘은 여백으로 남긴 한지 같아, 앞에 보이는 풍경은 먹으로 그린 한 폭의 동양화 같았다. 십여 분을 걷자, 날이 밝으며 하늘의 경계가 확실하게 구분되었다. 산길은 아직 어두웠지만 랜턴의 빛은 점점 흐릿해졌다. 먼 곳까지 비추던 불빛이 계란 노른자처럼 작게 되자 수진은 바위를 피해 조심스레 걸음을 옮겼다.

숲은 아직 어두워 멧돼지라도 나올까 무서운데 개들은 먼저 달려가 보이지 않았다. 수진은 소리 질러서 개를 불렀다. 소리는 축축한 새벽 공기를 가르고 메아리가 되어 돌아왔지만 개가 돌아오는 기척은 없었다. 목소리를 더 높여 다시 한번 개를 불렀다. 수진이 한참을 기다리자 개들이 꼬리를 치며 수진에게 돌아왔다. 얼마나 멀리 갔었는지 개 두 마리가 수진의 발아래 엎드려 깊은숨을 몰아쉬었다. 개들이 사료만 먹어 기운이 없나? 장에 가서 북어머리를 사다가 푹 끓여 주어야겠어. 개 껌도 사다가 산책할 때 개가 멀리 가지 않게 가지고 가야지.

작은 폭포가 있는 여울에 도착하자 폭포의 바위들이 선명히 보였다. 사람 키보다 조금 높은 폭포지만 떨어지는 물소리가 오늘따라 크게 들렸다. 겨우내 졸졸 흐르던 물이 며칠 전에 비가 와서 그런지 콸콸 소리 내며 흘러내렸다. 물안개가 자욱한 넓은 여울에 폭포가 비쳐, 물이 거꾸로 올라가는 것처럼 보였다. 개들은 먼저 도착해서 여울 가에서 물을 마시고 있었다. 수진은 돌에 앉아 보온병에 가지고 온 녹차를 컵에 따라 마셨다. 따뜻한 찻물이 식도를 타고 내려가자 빠르게 뛰던 심장의 박동도 서서히 진정되었다.

작년 여름에 폭포를 발견하고 새벽에 운동을 겸해 이곳으로 산책을 다녔다. 처음에는 힘이 들어 중간에 몇 번씩 쉬었는데 지금은 언덕마루에서 한 번 쉬고 곧바로 이곳에 왔다. 비가 많이 오는 날과 눈이 내리는 날을 빼고 매일 왔으니 그 횟수가 대단할 것 같았다. 의사는 해를 넘겨 살기 힘들다고 했는데, 겨울을 지나 봄이 되었다. 언제까지 이곳에 올 수 있을까? 수진은 욕심부리지 말고 지금 이 순간을 감사하기로 다짐했다.

수진은 미숫가루를 타서 아침 식사를 대신하고, 언덕까지 걸어가서 종점에서 열 시에 출발하는 버스를 탔다. 이장 부인을 비롯하여 얼굴을 아는 사람들이 여러 버스에 타고 있었다. 다들 장터에 놀러 가는 깨끗한 외출복 차림이었다. 수진은 한 분씩 인사를 드리며 제일 뒷자리에 가서 앉았다.

버스가 높은 고갯길에 오르자 산수유마을이 보였다. 노랗게 물들었던 산수유마을이 초록으로 변해 있었다. 뒤를 돌아보자 수진의 작은 집의 주위에 하얗게 핀 산 벚꽃, 분홍색 복숭아꽃이 보였다. 산속에 있을 때는 보이지 않던 꽃이 멀리서 보니 여기저기 보였다. 사는 것도 같은 이치가 아닐까? 이곳에서 지내니 지나온 세월이 잘 보였다.

어제 소영이 출소했을 텐데 지금 집에 와 있을까? 이곳은 통화 가능한 지역이니 통화를 해 볼까? 수진은 배낭의 앞주머니에서 휴대폰을 꺼내 만지작거리다가 다시 집어넣었다. 전화를 하면 소영은 틀림없이 이곳에 오겠다고 하겠지. 어렵게 이곳 생활에 적응이 되어 가는데……. 수진은 병원에 검진하러 서울에 갔을 때 소영을 만나기로 생각을 바꾸었다.

장터에서 이것저것 사다 보니 캐리어가 다 찼다. 다니다가 찐빵 한 개를 사먹은 것밖에 없어 출출했다. 이제 늦은 점심을 사먹고 집으로 돌아가야지. 장터의 한쪽 끝에 음식점들이 있는 곳으로 갔다. 소머리 국밥이 냄새를 풍기며 수진을 유혹했다. 국밥집 안을 들여다보니 소영과 닮은 여자가 혼자 밥을 먹고 있었다. 소영이가 여기에 있을 리 없지. 수진인 소머리국밥을 좋아해서 외식할 때면 자주 사먹었는데, 요즈음 수진이 기름진 음식을 먹으면 설사가 났다. 오늘도 국밥을 먹고 싶지만 참고 돌솥비빔밥집으로 갔다.

장에서 돌아와 사 온 물건들을 정리하고 저녁밥으로 딸기와 사과를 먹으니 주위가 어두워졌다. 밤이 되자 감당할 수 없는 우울증이 온몸에 스며들었다. 전신이 피로하고 의식이 가물가물해졌다. 수진은 밝은 전등을 켜고 라디오의 음악방송을 틀었다. 옆에서 조곤조곤 얘기하는 것 같은 여자아나운서의 차분한 목소리와 바흐의 피아노 협주곡이 잔잔하게 방안에 깔리자 수진의 마음도 차분하게 가라앉았다.

수진은 바구니에서 수세미 실을 꺼내 들었다. 오늘 딸기 모양으로 만든 수세미를 가지고 나갔는데 두 분을 못 드렸다. 다음 장날 드리겠다고 약속했으니 같은 모양으로 여러 개를 만들어야지. 아크릴로 된 수세미를 쓰면 세제를 사용하지 않아도 된다고 사람들은 좋아했다. 작은 것이지만 내가 먼저 베풀 때, 정이 따라온다는 것을 이제 알 것 같았다. 왜, 그동안 폭넓게 살지 못하고 혼자만 웅크리고 살았는지 하는 후회도 되었다.

집 밖에서 백구가 목을 길게 빼고 짖는 소리가 들렸다. 집으로 다가오는 것에 경고를 하며 주인한테 침입자를 알리는 소리다. 곧바로 얼룩이도 따라 짖었다. 무엇이 나타났나? 날이 어두운데 사람은 아니고 고라니인가? 혹시 멧돼지가? 멧돼지라는 생각이 들자 덜컥하고 겁이 났다. 개 짖는 소리가 커지자 수진은 일어나서 얼른 예비군복으로 갈아입고 소형녹음기를 가져왔다. 멧돼지가 오면 쫓으려고 준비한 징과 둥근 채도 찾아 문 앞에 놓았다. 책상 위에 있는 모니터의 화면을 훑어보았다. 진입로를 보여주는 CCTV 화면에 사람이 보였다. 멀리서 보이는 모습은 분명 여자였다. 이 시간에 웬 여자지?

녹음기를 준비하고 있다가 여자가 문을 두드리자 남자의 목소리가 담긴 녹음을 틀었다. 개 짖는 소리가 시끄러워 여자가 하는 말이 잘 들리지 않았지만 화면에 보이는 모습이 소영과 많이 닮은 것 같았다. 수진이 문을 조금 여니 문틈 사이로 보이는 여자는 분명히 소영이었다. 수진은 안전 고리를 풀고 문을 활짝 열었다. 문 앞에 소영이 서 있었다. 눈물이 왈칵 쏟아졌다. 수진은 아무 말도 못 하고 달려가 소영을 안고 엉엉 울었다. 소영이 얼굴도 눈물로 범벅이 되어 있었다.

수진인 새벽이면 같은 시간에 눈이 떠졌다. 잠에서 깨어나자 소영과 산에 가기로 한 약속이 생각났다. 소영일 내려다보니 주황색 수면 등 밑에서 아직도 정신없이 자고 있었다. 소영이 온 다음 수진이 미뤄두었던 일을 어제까지 끝내고 오늘은 아침 산책 대신 집에서 높게 보이는 산봉우리에 가기로 했다. 수진은 몸이 뻐근했지만 점심으로 먹을 주먹밥을 준비하려고 먼저 침대에서 일어났다.

겨울에 호수가 얼어 물이 나오지 않자 봄이 되면 나오겠지 하고 생각했다. 그러나 봄이 되어도 물이 조금밖에 안 나왔다. 그러나 혼자 하기에는 엄두가 나지 않아 미뤄두었다. 소영인 물부터 해결해야 한다고 팔을 걷어붙였다. 집에서 백여 미터 떨어진 개울에서 농업용 호수로 물을 끌어 오는데, 망을 씌운 취수관이 나뭇잎으로 막혀 있었다. 낙엽을 치우고 내려오자 다행히도 물이 많이 나왔다. 소영인 대청소를 한다며 집안의 물건을 밖으로 내왔다. 이불을 지붕에 널고 침대를 분해했다. 침대는 노란 플라스틱 상자 열 개를 두 줄로 깔고 그 위에 두꺼운 합판을 얹어 만든 것이었다. 상자를 밖에 꺼내어 소영은 물로 닦았다. 소영이 가만히 있으라고 말렸지만 수진은 방을 물걸레로 깨끗이 닦았다.

다음날은 전에 살던 약초꾼이 사용했던 창고를 정리했다. 헌 집을 철거하고 조립식 주택을 지을 때 옆에 있던 창고는 그대로 두었다. 문이 없이 출입구가 터진 창고지만 집의 바람도 막아주어 그대로 두었다. 그동안 창고에서 삽과 호미만 꺼내 썼다. 창고 안의 물건을 다 끄집어내어 쓸 수 있는 것은 닦은 후에 창고에 넣고, 못 쓸 것은 폐드럼통에 넣고 태웠다. 타지 않는 것은 한 곳에 쌓아 놓았다. 그리고 비와 눈을 피할 수 있게 개집을 창고 안으로 옮겼다.

어제는 밭에 상추와 열무 씨를 뿌렸다. 밭에 골을 파고 검은 비닐을 덮었다. 이장님이 모종을 가져다주면 심을 고추, 가지, 오이의 자리는 남기고 한쪽에 감자를 심었다. 호박씨는 길옆 경사면에 심었다. 그리고 집 주변의 배수로도 정비했다. 모든 밀린 일을 끝내니 수진은 앓던 이를 뺀 것처럼 마음이 개운했다.

아침을 느지막이 먹고 차를 한 잔 마신 후, 개를 한 마리씩 데리고 등산길에 올랐다. 오늘 산행은 등산객들이 다니는 길이라 개를 목줄로 묶어 수진은 백구를 끌었고 소영에겐 얼룩이를 맡겼다. 목이 묶였어도 산에 가는 게 즐거운지 백구는 수진을 앞에서 끌었다. 늘 다니는 폭포에서 오 분정도 지나자 등산로가 나왔다. 그곳에서부터는 오르막길이었다. 아침엔 간단히 미숫가루를 물에 타서 마시는데 오늘은 찰밥을 먹었더니 속이 그들먹했다. 숨이 턱에 걸려 대여섯 번을 쉬고 간신히 목표한 봉우리에 도착했다. 소영은 먼저 도착하여 얼룩에게 물을 먹이고 있었다. 백구도 목이 마른지 그곳으로 달려가 물그릇에 고개를 들이밀고 혀를 크게 날름거리며 물을 들이켰다. 수진인 숨을 고르고 배낭에서 개 껌을 꺼내 한 개씩 나눠 주었다.

집에서 볼 땐 이곳이 제일 높은 산이라 생각했는데 더 높은 봉우리가 켜켜이 뒤로 보였다. 열 시경 집에서 출발했는데 해는 꼿꼿하게 솟아 투명한 빛을 산에 골고루 내리비쳤다. 나무에 물이 오르고 새잎이 돋아 산은 연한 초록이었다. 초록바탕의 산에 이곳저곳에 봄꽃들이 흰색, 분홍색으로 예쁘게 수놓아 꿈결에서 보는 것 같았다. 자연과 봄이 만들어 낸 환상적인 풍경이었다. 이런 예쁜 산을 다시 볼 수 있을까? 수진은 수채화처럼 펼쳐진 산의 색색을 음미하며 마음속에 간직하였다.

호흡이 돌아오자 수진은 바위에 올라 P읍을 내려다보았다. 손톱만 한 집들이 다닥다닥 붙어 있는 마을 사이로 최근에 지은 아파트가 큰 성냥갑처럼 보였다. 한 줄기 강물이 마을의 가운데를 가로지르고 북쪽에서 다른 물줄기를 만나 넓은 강을 만들었다. 넓은 강물을 따라 끝없이 내려가면 병과 고통이 없는 세상이 나오지 않을까? 날개가 있다면 높이 떠올라 그 세상으로 아주 떠나가고 싶었다.

─수진아, 너무 무리한 것 아니야?

소영의 걱정스러운 표정으로 물었다.

─경치에 취했었나 봐. 이제 정신이 좀 들어. 너는 날다람쥐처럼 산을 잘 타네.

-교도소에서도 매일 쉬지 않고 운동을 했어. 가진 것도 없는
데, 건강이라도 해야지.

-소영아, 저기 초록색 지붕이 길게 보이는 곳이 장터야. 조용
한 산골을 선택해서 왔는데 웃기는 게 장날만 기다려진단다. 태풍
이나 눈 때문에 장날에 못 가게 되면 그날은 굉장히 지루하고 온
몸이 쑤셔.

-내일이 장날이지. 장에 같이 갔다가 서울에 가서 짐을 챙겨
내려올게.

-소영아, 나 혼자 있을 수 있으니까 내려올 필요 없어. 여기선
네가 할 일도 없어.

그래 내려와, 라고 말할까 하는 욕심도 생겼지만 소영일 더 이
상 희생시킬 수는 없다고 생각했다.

-여기는 이장님이 살펴주니 너는 걱정 말고 올라가. 네가 필요
하면 전화할 게 그때와.

이장은 수진이 다니던 학교에서 같이 근무한 교감선생님의 형
이었다. 약초꾼이 살던 빈집과 조립식주택 업자를 소개하고 집 짓
는 것도 감독해 주었다. 수진의 집 아래에 있는 밭에 올 때마다 이
장은 필요한 것을 경운기에 실어다 주었다.

-수진아, 그러면 매번 장에 나오면 나한테 전화해.

-알았어. 약속할게.

-전화가 없으면 내가 달려온다. 알았지.

172

수진은 소영의 두 손을 꼭 잡았다. 눈물이 핑 돌아 또렷하게 보이던 마을이 흐릿하게 보였다.

밤이 되자 다리가 뻐근하고 몸이 나른해서 수진은 일찍 침대에 누웠다. 소영이도 피곤한지 바닥에 깔아 놓은 이불속으로 바로 들어갔다. 잠이 쉽게 오지 않아 수진이 움직일 때마다 침대 밑에 있는 플라스틱 상자에서 삐거덕거리는 소리가 났다.

－수진아, 통장에 두고 간 돈 내가 써도 되는 거야.

－그럼. 내가 진작 그렇게 했으면 네가 다시 교도소에 가지 않았을 텐데. 내가 생각이 짧았어. 내가 죽으면 빌라도 네 명의로 이전해.

－죽는다는 말은 절대 하지 마. 여기서 병이 괜찮아지면 서울로 가서 평생 같이 살자. 내가 이번엔 단단히 마음먹고 나왔어. 이제 너한테 걱정 끼치지 않을게. 그런데 어두우면 못 자는 게 그 일 때문이야.

소영이가 성폭행당한 것을 묻자, 수진은 이제 소영에게는 말해야겠다는 생각이 들었다.

－응. 사십 년이 훨씬 지났는데도 아직도 그래. 어렸을 때는 그것을 말하면 가만두지 않는다는 협박에 겁이 나서 어른들한테 말을 못 했어. 내 말을 믿어 준다는 확신도 없었고. 어른이 되어서도 그것을 말할 용기가 없었어.

―정 선생이 청혼을 했을 때 거절한 것도 그 일 때문이야.

―응. 정 선생에게 털어놓을 수가 없었어.

수진이 스물여섯 살 때 두 살 위인 남자 선생과 학교 사람들 모르게 비밀연애를 했다. 둘이 연애할 때 소영과는 같이 만난 적이 있었다. 연애를 시작한 지 일 년 지나 정 선생이 청혼을 했으나 수진은 정상적인 결혼생활을 하지 못할까 하는 두려움에 청혼을 받아들일 수 없었다. 정 선생은 다음 해에 고향인 남쪽의 학교로 전학신청을 하여 내려갔다. 지난 일이지만 정 선생에게 고백하고 정신과 치료를 받았으면 행복한 결혼 생활을 했을까? 소영이 피곤한지 코를 골기 시작했지만 잠이 달아난 수진은 쉽게 잠들 것 같지 않았다. 수진은 정 선생과 P읍에 왔던 지난날이 가슴 아프게 다가왔다.

삼십 년이 지난 일이었다. 수진은 정 선생과 함께 P읍에 봄꽃놀이를 왔다. 절 구경을 하고 오후 늦게 들어온 산수유마을에서 노란 꽃에 취해 시간 가는 줄 몰랐다. 결국 이곳에서 하룻밤 자고 가기로 했다. 그는 수진이 잘 방이 따뜻한지 살피고 잘 자라고 가볍게 입을 맞췄다. 수진은 그를 보내는 게 아쉬워 그의 가슴에 덥석 안겼다. 그가 수진의 몸을 깊이 끌어들이자 호흡은 거칠게 빨라지고 몸이 달아올랐다.

몸이 뜨거워지자 머릿속에 봉인된 기억들이 봇물이 터지듯 쏟아져 나왔다. 수진이 어렸을 때 성폭행당한 일이 또렷하게 되살아났다. 방의 열쇠가 찰칵하고 열린다. 입에 수건을 물려 숨을 쉴 수 없고 아랫도리가 찢어지는 것 같은 통증이 온다. 양쪽 팔이 큰 남자의 팔에 눌려 아무것도 할 수 없다. 하체에 경련이 오고 뜨거웠던 몸이 싸늘하게 식었다. 수진은 힘을 다해 남자를 거세게 밀었다. 쿵하고 남자가 넘어졌다. 수진이 정신을 차리고 보니 넘어진 남자는 정 선생이었다. 정 선생은 일어나서 아무 말 없이 자신의 방으로 돌아갔다.

5

몸이 앞으로 쏠리며 안전벨트가 허리를 조여 소영은 잠에서 깼다. 어디까지 왔지? 밖은 어두워 보이지 않고 창문에 자신의 얼굴만 어릿어릿 비쳤다. 유리창의 한쪽에 수진이 보이는 듯했다. 수진이 같이 탔나? 소영이 고개를 돌리자 건너편 의자엔 모르는 여자가 앉아 있었다. 수진인 버스가 멀어질 때까지 손을 흔들었지. 건강한 수진일 다시 볼 수 있을까? 눈물을 글썽이던 수진의 얼굴이 잔상으로 어른거려 소영은 가슴이 먹먹해졌다. 수진을 그렇게 만든 놈을 가만두면 안 되지.

소영은 휴대폰을 꺼내 진영의 전화번호를 찾았다. 소영보다 세 살 어린 진영은 같은 보육원에서 자랐다. 진영이 중학교를 졸업하고 무단으로 보육원을 떠났는데, 몇 년이 지나 진영을 다시 만난 곳은 청진동 뒷골목이었다.

소영의 조직이 광화문에서부터 서류 가방을 든 한 신사를 쫓았다. 신사는 은행에서 나와서 화신백화점 쪽으로 걸어갔다. 도로에 사람도 많고 근처에 종로경찰서도 있어 사장(두목)은 신사를 뒤쫓으며 기회를 잡지 못했다. 사장의 지시를 기다리며 따라가고 있는데 골목에서 덩치 큰 남자애가 튀어나와 신사와 부딪쳤다. 갑자기 밀린 신사는 가방을 놓치고 길에 넘어졌다. 그사이 골목에서 작은 여자애가 튀어나와 신사의 가방을 낚아채 골목으로 사라졌다. 남자애는 넘어진 신사에게 죄송하다고 인사를 하고 화신백화점 쪽으로 곧바로 도망쳤다. 바지를 털며 일어난 신사는 그때서야 가방이 없어진 것을 알아차리고 부딪친 남자애를 쫓아갔다.

사장은 미소를 지으며 여자애를 잡으라고 신호했다. 소영이 골목으로 쫓아가자 뜀이 빠른 장 과장이 여자애를 잡아 무릎을 꿇리고 있었다. 사장이 도착하자 도망쳤던 남자애도 반대편에서 숨을 헐떡이며 나타났다. 장 과장은 남자애의 팔을 꺾어 여자애 옆에 앉혔다.

─야, 어디서 굴러먹은 놈들이 남의 나와바리(구역)에서 밥그릇을 들이밀어. 너희 대장이 누구야.

─…….

─무뎃보(무모하게)로 하는 짓이 도꾸다이(1명 또는 2명이 하는 소매치기) 같은데.

장 부장이 아픈 다리를 절뚝거리며 뒤늦게 나타나서 한마디 거들었다.

−야, 앞으로 광화문에는 얼씬거리지 마라. 다시 걸리면 죽는다. 가방만 뺏고, 놈들은 그냥 보내줘라.

사장이 나직한 목소리로 장 과장에게 지시했다.

−안 돼. 우리 몫은 주고 가. 엊저녁부터 굶었어.

여자애가 앙칼진 목소리로 소리 지르며 한 손으로 가방을 끌어안았다.

소영은 여자애에 다가가서 땅을 짚은 손을 지그시 밟았다. 여자애는 아얏 소리 지르며 가방을 떨어뜨렸다. 소영은 가방을 집어 사장에 건네고 여자애를 내려다보았다. 얼굴에 떼가 덕지덕지 붙어있지만 동그란 눈이 낯에 익었다.

−너, 진영이 아니니.

−소영 언니.

소영은 진영의 손에 묻은 흙을 털어 주었다. 그 사이 대장은 재빠르게 가방을 열었다. 그 안에는 달러와 각종 서류가 들어있었다.

−애들이 큰 사건 벌였네. 아는 애니?

소영인 고개를 끄덕였다. 애들은 가방 안의 달러를 보고 놀란 표정이었다.

−짭새(형사)들이 바로 뜰 테니까 빨리 여기를 피해. 소영인 애

들을 데리고 가서 밥을 먹이고 숙소로 가. 거기서 꼼짝 말고 있어.

소영은 동대문 시장의 좌판으로 데리고 가서 국밥을 먹이고 용두동의 여관으로 그들을 데리고 갔다. 체격이 장 과장과 비슷하게 큰 홍진인 진영과 동갑내기로 며칠 전에 서울역에서 기차를 기다리는 사람들의 짐을 들치기 하며 알게 되었단다. 갈 곳이 없던 애들은 순순히 소영을 쫓아왔다.

사장은 그 길로 노배(정기적으로 상납하는 돈)를 바치는 곳에 찾아가 가방을 돌려주고 없던 일로 해달라고 사정했다. 나중에 들려온 소식은 가방의 주인은 국회의원 비서이고 안에는 미화 만 불과 미국에 출장 갈 서류가 들어있었다. 쉽게 수습될 것 같지 않아 사장은 당분간 잠수를 타라고 지시했다.

소영은 진영을 데리고 서울역으로 가서 부산 구포에 있는 여관으로 갔다. 박 부장은 홍진일 데리고 청량리에서 안동을 거쳐 며칠 후에 여관에 합류했다. 서울 일이 잠잠해져 사장의 연락이 올 때까지 여관에서 대기하며 박 부장의 교육을 받았다. 박 부장은 아침에 느지막이 일어나 시장에 가서 밥을 사준 후에 일을 나갔다. 세 명은 여관으로 돌아와서 옷걸이에 양복을 걸고 그 속의 지갑을 빼는 연습을 했다. 검지와 중지를 이용해 양복 겉주머니에서 돈을 꺼내는 방법과 안주머니에서 지갑을 꺼내는 기술을 연마했다.

안주머니에서 지갑을 빼는 것은 두 가지 방법이 있었다. 새끼손가락으로 라펠을 조심스럽게 열고 검지와 중지로 주머니에서 지갑을 꺼내는 방법과 안감에 주름을 잡아 지갑을 위로 밀려 올려서 주머니 밖으로 떨어뜨린 다음 다른 손으로 잡아내는 기술이었다.

저녁에 박 부장이 돌아오면 한 명씩 실습을 시켰다. 소영은 손가락이 가늘고 길어 손가락이 짧은 진영과 손가락이 굵은 홍진보다 빨리 터득했다. 실습이 끝나면 시장의 백반집으로 저녁을 먹으러 갔다. 박 부장의 수입이 좋은 날엔 돼지갈비를 실컷 먹게 사주었다. 거의 두 달이 되었을 때, 서울로 오라고 사장의 전갈이 왔다. 그때쯤 우리는 박 부장이 입은 양복에서 지갑을 서투르게나마 뺄 수 있었다.

소영과 진영은 노래방 근처에 있는 24시 순댓국집으로 갔다. 늦은 시간이라 손님은 없고 종업원은 졸고 있었다. 술국과 머리고기를 시켜 놓고 조금 기다리자 홍진이도 술집에 들어왔다. 소주로 건배하고 원샷으로 들이켰다. 소영은 배가 고파 머리고기를 허겁지겁 집어먹었다.

─그런데 원숭이도 나무에 떨어진다고 언니가 어떻게 경찰에 잡혔어?

잔이 한 순배 돌자 소영이 잡혀서 교도소에 간 게 궁금하여 진영이가 물었다.

─나도 이제 늙어서 감이 떨어졌나 봐. 약수터에서 내려오다 보

이스피싱에 걸린 할아버지의 돈을 날치기하려다 걸렸어. 은행직
원이 신고해서 경찰이 출동했는데 나는 그걸 모른 거야. 경찰이
쫙 깔려있는데 들고튀다 잡혔지. 보이스피싱 조직원으로 오인 받
아 그걸 벗어나려고 전에 소매치기한 것도 털어놓았지. 경찰이 그
놈들을 잡으려고 덫을 놓았는데 내가 훼방 놓았다고 엄청 구박했
지.

　－참, 수진언니 건강은 어때?

　－내가 빵(감옥)에서 나와 이제 착하게 살려고 했는데, 수진일
보니 안 되겠어. 찾아서 혼내줄 놈이 한 명 있어. 그놈을 찾는데
홍진이가 좀 도와줘.

　소영은 수진이 어렸을 때 입양된 집에서 성폭행을 당하고 파양
되어 온 것을 말해 주었다. 재작년 추석날 명사 가족 오락프로에
성폭행범이 나왔는데 수진이 그놈을 알아보고 암이 악화된 거 같
다고 말해 주었다.

　－홍진아, 그 오락 프로를 찾아보고 어떤 놈인지 나한테 알려
줘.

　－알았어요, 처형. 지금 바로 가서 찾아볼게요. 여보, 당신은 조
금씩 마시고.

　홍진은 TV 다시보기에서 그 프로를 찾기 위해 근처에 있는 자
신의 가게로 갔다.

　－언니, 수진언니를 생각하면 우리도 모든 일을 때려 치고 적극

적으로 나서야 하는데 우린 애들이 있어서 그렇게 하지 못해. 언니가 우리를 이해해 줘.

진영인 군대 간 아들과 고3인 딸이 있었다.

-내가 그걸 왜 모르겠니.

-내가 전에도 말했지만 우린 수진언니가 도와주지 않았다면 지금처럼 살지 못했어. 우리가 셋이 한탕 하다가 언니가 잡혀갔을 때 나는 임신 중이었잖아. 대책이 없어서 할 수 없이 수진언니를 찾아갔지. 출산비용까지 언니가 다 대주고, 지금 노래방 낼 때와 애들 아빠가 컴퓨터 수리 가게를 낼 때도 도와주었어.

조직이 해체되자 소영은 진영과 홍진을 데리고 소매치기하러 다녔다. 사람들이 카드를 쓰기 시작하자 깝지(지갑)를 털어도 현금이 없었다. 그나마 현금을 챙길 수 있는 곳은 재래시장과 운동경기장과 경마장이었다.

소영이 경마장에서 단속반이 뜬 것을 알고 여자화장실로 피했다. 결승선에 말이 들어올 때면 순위를 보려고 대부분 사람들이 일어난다. 그 순간을 노리고 진영이 작업을 하다 다구려(들켜) 화장실로 쫓겨 왔다. 진영이 임신 중이라 소영은 그녀를 보낼 수 없었다. 소영이 짭새를 따돌려 보기로 작정하고 진영과 잠바를 바꿔 입었다. 소영은 심호흡을 하고 화장실을 나가 출구 쪽으로 냅다 뛰었다. 화장실을 지키던 피해자와 짭새는 베이지색 잠바를 입고 달려가는 소영을 쫓아왔다. 소영이 빨리 뛰었지만 출구에서 짭새에 잡혔다. 잠바에서 피해자의 깝지를 확인하고 경찰서로 연행되었다. 소영이 구속되며 작은 조직도 해체되었다.

—수진언니는 우리가 손을 털면 소영언니도 바르게 살겠지 하고 생각했을 거야.

—야, 그래서 나도 팔자에 없는 결혼을 했잖아. 동남아 국가를 상대하는 무역상인데 한국에 들어와 살려고 한다고 해서 덜컥 넘어간 내가 바보지. 동남아 여러 곳에 현지처가 있는 난봉꾼인 걸 모르고 덥석 낚인 거야. 심지어 베트남에는 자식까지 두 명이 있더라.

—형철오빠가 소개한 사람이라며.

—형철오빠는 잘못이 없어. 오빠는 내가 그 일에서 손을 씻고 시집을 가라고 여러 사람을 소개해 줬어. 그중에서 내가 고른 거야. 내가 눈이 삐었지. 다시는 한국에 못 들어오게 형철오빠가 잡아다 혼냈어.

—참, 형철오빠가 가게를 이쪽으로 옮겼어. 전에 가게가 좀 좁았잖아. 새 가게는 백 평정도 될걸. 가까우니까 오빠가 가끔씩 우리 노래방에 손님도 보내줘.

소영과 진영이 지난 이야기를 하며 술을 마시는 사이에 홍진이 그 오락프로를 USB에 담아왔다. 소영은 집에 가서 그것을 컴퓨터에 꽂아 내용을 보고 싶어 서둘러 일어났다.

6

소영은 강 회장의 정보를 얻기 위해 형철오빠를 찾아갔다. 오빠의 술집은 진영의 노래방에서 길을 건너 오층 건물의 지하에 있었다. 문을 열고 들어가자 탁 트인 넓은 로비가 나왔다. 은은하게 간접조명을 한 로비는 진회색 카펫이 깔려있어 깔끔하게 보였다. 잔잔한 음악이 흘러나오는 카운터에서 키가 큰 여자가 걸어 나오며 소영을 맞았다. 미리 오빠와 통화를 해서 종업원은 소영이 올 것을 알고 있었다. 사장님이 십 분 늦어진다고 기다리라고 말했다. 소파에 앉아 여자가 가져다준 커피를 마시며 주위를 둘러보았다. 소영은 예전에 오빠를 찾아갔던 '천지'의 구조와 비슷하다는 느낌이 들었다.

소영은 수진이 재수하여 교육대학에 합격했다는 소식을 들었을 때 자신이 합격한 것처럼 기뻤다. 그러나 기쁨도 잠시뿐이었다. 입학금이 문제였다. 둘이 가지고 있는 돈을 다 털어도 턱없이 부족했다. 머리를 아무리 굴려도 돈을 마련할 방법이 없었다. "내 공부는 여기까지야! 내가 주제넘게 장학금을 바랐나 봐." 하고 수진이 이불을 뒤집어쓰고 누웠다. 아르바이트하며 공부해서 합격하기도 힘든 일인데, 소영은 이 상황을 그대로 받아들이기 어려웠다. 소영은 이대로 주저앉을 수 없었다. 수진의 입학이 취소되지 않게 돈을 빌려봐야지.

소영이 보육원 언니들을 찾아보았지만 그들도 사정이 낫지 않았다. 마지막으로 만나볼 사람은 형철오빠였다. 오빠는 강남의 룸살롱에서 웨이터를 하고 있어 능력이 있다고 소문이 나 있었다. 번화한 대로를 벗어나 한적한 골목의 삼층 건물 지하에 있는 '천지'를 찾아갔다. 이런 후진 곳에서 일하는 오빠가 능력이 있을까? 소영은 실망하며 계단을 내려가서 오빠를 찾았다. 오빠는 빈방으로 소영을 데리고 들어갔다.

ㅡ영업 시작할 시간이라 밖으로 못 나가. 그런데 어떤 일로 나를 찾아왔어?

형철오빠는 옛날 보육원에서 보던 꼬질꼬질한 오빠가 아니었다. 흰 와이셔츠에 검은 나비넥타이를 매고 머리는 올백으로 넘겨 단정하게 보였다. 얼굴엔 적당히 살이 올라 미남 청년으로 변해 있었다.

ㅡ오빠, 나 여기 취직시켜 줘.

소영은 돈을 빌려 달라는 말은 차마 입에서 떨어지지 않아서 취직을 시켜달라고 부탁했다. 그리고 수진이 입학금이 필요하니 선불로 받을 수 있게 해달라고 사정했다.

ㅡ여기가 어떤 곳인지 알고 온 거야. 여기는 네가 일할 수 있는 데가 아니야. 돌아가.

ㅡ안 돼, 그냥 갈 수 없어. 오빠가 결정할 수 없겠지? 여기 사장

님을 만나게 해줘.

소영은 지푸라기라도 잡는 심정으로 오빠를 졸랐다. 포기하고 나가면 더 이상 방법이 없어 끈질기게 물고 늘어졌다. 오빠는 사장님은 만날 수 없고 그런 일은 마담 누나가 결정한다며, 마담 누나가 안 된다고 하면 군소리 없이 가야 한다고 말했다. 소영은 이런 후진 곳에서 자신을 보면 당장 나와서 일하라고 하겠지, 라고 자신하며 오빠가 오기를 기다렸다.

소영이 한참을 기다리자 오빠가 중년 여자와 함께 들어왔다. 소영이 자리에서 벌떡 일어나며 고개를 숙여 인사했다. 한복을 곱게 차려입은 여자는 부드러운 미소를 지으며 손짓으로 소영에게 앉으라고 했다. 여자는 오빠의 말을 들었는지 아무 말 없이 소영의 아래위를 훑어보았다. 어쩜 여자가 저렇게 우아하고 예쁠 수가 있지? 소영은 자신의 차림이 너무 후줄근하여 눈을 마주칠 수가 없었다.

─얼굴은 예쁜데 키가 작고 가슴도 너무 빈약하네.

여자가 거절하는 투로 오빠를 향해 말했다. 오빠는 알았다는 표시로 고개를 끄덕였다.

─언니, 제 가슴 작지 않아요.

소영은 일어나서 티셔츠를 젖히고 브래지어를 위로 올리며 가슴을 보여주었다. 작지는 않지만 그렇게 크지도 않은 두 개의 흰 봉우리가 그대로 드러났다. 두 사람은 깜짝 놀라 서로의 얼굴만 처다보았다. 어렸을 때부터 친하게 따르던 오빠 앞에서 가슴을 보이는 것이 창피하지만 그대로 가슴을 내릴 수가 없었다.

－애, 그렇게 크지도 않으니까 그만 내려. 우리 가게는 그렇고, 박 군, 장 사장이 여자애를 구한다고 했어. 깡다구가 있으니 장 사장이 좋아할걸. 이번 주에 올 거야. 내가 얘기해 줄게. 그때 저 애를 오라고 해.

오빠는 근처에 있는 다방에서 오늘부터 기다리라며 커피값을 주었다. 소영이 룸을 나오자 복도에는 배우 같이 예쁜 여자들이 바쁘게 지나가고 있었다. 킬힐을 신어 소영보다 머리하나가 큰 여자들은 가슴도 풍선을 넣은 듯 빵빵했다. 소영은 아무리 졸라도 이곳에서 일할 수는 없다는 것을 깨달았다. 그리고 장 사장이 무얼 시키든지 해야지, 라며 입술을 질끈 깨물었다.

소영은 배가 고프지만 다방에서 수란을 시켜 먹으며 오빠의 연락을 기다렸다. 돼지갈빗집에서 서빙하던 일도 거르고 기다린 지 사흘째 되는 날 밤늦게 오빠가 헐레벌떡 소영을 찾아왔다. 소영은 오빠를 쫓아 룸살롱으로 들어갔다. 소영이 뽕브라를 사서 입었지만 가슴이 크게 보이지 않았다. 가슴이 작아 안 되겠다면 어쩌지? 소영은 잔뜩 긴장하여 오빠가 열어준 룸 안으로 삐죽대며 들어갔다.

－어서 와. 오빠, 내가 조금 전 얘기한 애야. 박 군하고 같은 보육원에 있었대. 친구 대학 입학금 때문에 우리 가게에서 일한다고

했는데, 오빠가 여자애를 구한다고 해서 양보하는 거야. 의리도 있고 깡다구도 있어.

형철오빠가 마담 언니한테 단단히 부탁을 했는지, 장 사장이 거절할 수 없게 확실하게 말했다.

—네가 소개하는 애면 틀림없겠지. 이리 와서 앉아.

마담의 옆에 앉아 있던 신사복차림의 중년 남자가 반대편 자리를 가리켰다. 평범하게 생긴 얼굴이었지만 눈매는 날카로웠다.

—손을 내밀어봐.

가슴을 보자고 할까 마음을 조렸는데 다행히도 손을 보자고 했다. 소영은 손을 내밀고 앞, 뒤를 뒤집었다.

—너무 말랐는데 잘 먹으면 살이 붙겠지? 그러면 애는 내가 데려다 쓸게.

장 사장은 준비한 봉투를 소영에게 주었다. 여대생 차림으로 옷을 사 입으라며 원하던 돈보다 조금 더 주었다. 수진을 학교에 보낼 수 있다는 생각에 소영의 마음은 날아갈 듯 기뻤다.

소영은 곧장 집으로 달려가 수진에게 입학금을 건넸다.

—얘, 이 돈 나는 받을 수 없어. 요즈음 네가 형철오빠한테 자주 가는 것 같은데, 그곳에서 일하며 받은 돈으로 어떻게 내가 입학금을 내냐?

수진은 단호하게 돈을 소영에게로 밀었다.

-수진아. 사실은 그곳에서 일하려고 부탁했는데 가슴이 작아 안 된데. 오빠네 단골손님 매장에서 내일부터 일하기로 했어.

　장 사장 하는 일이 어떤 것인지 오빠한테 들어서 알고 있었지만 소영은 시치미를 뗐다.

　-정말. 무엇을 파는 매장인데.

　-응, 젊은 여자 옷을 도매로 파는 가게야. 그래서 나같이 어린 판매원이 필요하데.

　소영이 미리 꾸며낸 말로 수진을 속였다.

　-내가 그 가게에 가 볼 거야.

　-알았어. 네가 오면 싸게 줄게. 청계천 도매상가에 매장이 있어. 도매를 하는 곳이라 저녁에서 새벽까지 일해야 해. 그래서 내일부턴 그 근처의 숙소에서 있어야 해.

　-소영아, 정말 이 돈 써도 되는 돈이지. 내가 나중에 틀림없이 갚을게.

　-그럼. 너는 돈 걱정 말고 앞으로 공부만 열심히 해.

　소영은 울고 있는 수진을 안고 언니처럼 등을 토닥여 주었다. 소영의 눈에는 눈물보다 앞으로 닥칠 일에 대한 두려움 때문에 수심이 밀려들었다.

　다음날 소영은 수진과 같이 은행에 가서 입학금을 내고, 옷가게에 가서 대학생에 어울릴 만한 수수한 옷을 샀다. 입학 기념으로 수진이 옷도 한 벌 사주고 점심으로 떡볶이를 사 먹었다. 그리고 집에 가서 짐을 싼 다음 수진과 작별인사를 하고 장 사장이 오라고 한 창신동의 다방을 찾아갔다.

다방의 구석진 자리에 장 사장과 사십 대의 남자 두 명이 미리 와서 소영을 기다리고 있었다.

—여기는 작년에 고등학교를 나온 미스 김이라고 해.

소영이 자리에 앉자마자 장 사장은 소영을 남자들에게 소개했다. 소영은 어른들과의 자리가 어색하여 목례만 가볍게 했다.

—여기는 박종삼 부장. 앞으로 박 부장이라고 불러. 미스 김은 박 부장을 따라다니며 지시를 받아.

작은 체격의 박 부장은 하얀 얼굴에 작은 눈이 반짝거렸다.

—저기는 장정길 과장.

키가 크고 건장한 체격의 장 과장은 순한 곰과 같은 인상이었다. 소영은 두 사람에게 잘 부탁드린다는 의미로 다시 한번 목례를 했다. 사장은 내일 아침 열 시에 이곳에서 다시 만나자며 자리에서 일어났다. 소영은 옷가방을 들고 박 부장을 따라 백반집에 가서 저녁을 먹고 창신동의 한 여관으로 들어갔다. 부장은 주인한테 고향에서 올라 온 사촌 동생이라고 인사시키고 부장의 옆방을 한 달간 빌렸다.

소영이 들어간 조직은 광화문을 중심으로 종로에서 활동하는 소매치기단이었다. 사장이 정기적으로 노배(조직 소매치기가 정기적으로 상납하는 돈)를 내며 광화문 지역을 보장받고 있었다.

남대문, 동대문, 서울역 등은 타 조직이 활동했다. 기계(소매치기 기술자)는 사장과 부장 두 명이었다. 사장은 안창따기(양복 안주머니를 밖에서 째고 지갑을 꺼내는 기술)와 빽치기(핸드백을 면도칼로 째고 돈을 꺼내는 기술) 기술자이고 부장은 빽빼기(핸드백을 열고 돈을 꺼내는 기술)가 전문이었다. 그런데 두 명 다 삼청교육대에 끌려가서 몸이 성치 않았다. 사장은 오른손을 다쳐 기술을 쓰지 못했고, 부장은 다리를 다쳐 달리는 데 어려움이 있었다. 그래서 사장은 장 과장을 조직에 데리고 왔는데, 그는 바람잡이(기계가 소매치기할 때 곁에서 범행을 돕는 역할)와 안테나(망을 보거나 기계가 위험에 처하면 무기를 쳐서 기계를 구하는 역할) 일을 맡아서 했다. 소영이 할 일은 부장이 작업을 할 때 주위의 사람이 보지 못하도록 가려주는 바람잡이 일이었다.

소영이 방으로 돌아와 요를 펴고 누우니 퀴퀴한 냄새가 얼굴을 덮었다. 작은 우윳빛 창으로 밖에서 희미한 빛이 어렴풋이 스며들었다. 아래층에서는 술 취한 남자의 목소리가 시끄럽게 올라왔다. 문을 잘 걸어 잠갔지만 옷을 벗고 누울 수가 없었다. 이불은 누가 덮던 건지 찝찝하여 밀어놓고 방바닥이 따뜻해 요 밑으로 들어갔다. 몸이 나른하지만 쉽게 잠이 오지 않았다. 내일부터 할 일을 생각하니 겁이 나고 공연히 눈물이 나왔다. 이런 일은 못 한다고 말하고, 돈은 벌어서 갚는다고 할까? 조직에 한 번 들어오면 마음대로 나가지 못한다고 했는데……. 밤늦도록 몸을 뒤척이다가 죽기 아니면 살기지, 라고 생각하며 잠을 청했다.

아침에 소영은 부장의 방으로 불려 가 한 시간 동안 교육을 받았다. 부장의 수신호에 따라 소영이 할 행동을 가르쳤다. 행동을 잘못하면 작업을 들킬 수 있다며 다방에 나가서도 신호를 테스트를 했다. 열 시가 되자 사장이 작은 스케치북을 들고 왔다. 소영이 스케치북을 옆에 드니 대학생처럼 보였다. 빈손으로 다니는 것보다 어색하지 않아 마음이 조금 안정되었다.

버스정류장에서 사장이 버스를 기다리는 아주머니를 지적했다. 신촌으로 가는 버스가 정류장에 들어오자 아주머니가 버스를 타려고 움직였다. 과장이 눈치채고 버스에 먼저 달려갔다. 문이 열리자 과장은 버스계단의 중간에 서서 기사한테 구파발 가는가 하고 물었다. 아주머니는 한 발을 계단에 올린 채 올라가지 못하고 엉거주춤 멈추어 섰다. 부장이 소영에게 수신호를 했다. 소영은 스케치북으로 아주머니 뒤를 가리고 버스를 탈 것처럼 밀었다. 그사이에 부장이 어깨에 둘러멘 바가지(핸드백)를 열고 돈을 순간적으로 꺼냈다. 부장이 작업하는 동안 소영은 들킬 것 같아 가슴이 두근거리며 숨을 쉴 수 없었다. 부장이 작업을 끝내자, 과장은 차에서 내리고 아주머니를 태운 버스는 출발했다.

횡단보도를 건너 정류장에서 십여 분 서성이다가 보석가게에서 나온 아주머니를 사장이 지목했다. 소영은 일행이 아닌 것처럼 모른척하며 부장을 따라 버스를 탔다. 차가 출발하자 부장이 소영에게 신호했다. 소영이 아주머니의 뒤에 바싹 붙어 서자 사장과 과장이 합세하여 까치집(여럿이 둘러싸는 것)을 지었다. 부장은 곧바로 옆에 든 바가지에서 물건을 꺼내고 다음 정류장에서 바로 내렸다. 한 정거장 지나 소영은 사장을 따라 내렸다. 사장은 뒤도 돌아보지 않고 동묘 근처의 허름한 밥집으로 들어갔다. 소영이 따라 들어가 반대편에 앉았다.

두근거리던 가슴이 진정되지 않아 소영은 한동안 밥을 먹을 수가 없었다. 소영이 좋아하는 김, 계란말이, 어묵조림이 나왔으나 입맛이 당기지 않았다. 깨작거리며 밥을 먹는데 부장과 과장이 들어오며 백반 두 개를 추가했다. 부장은 닷 돈짜리 금굴레(금반지)였다며 장물애비에 넘기고 받은 돈을 사장에게 건넸다.

사장은 즉석에서 오늘 번 돈을 나누었다. 노배와 공금(사고를 대비해 사후 수습비용)을 떼고 부장에게 경비를 준 다음 정해진 비율로 나누었다. 낮은 비율이지만 소영도 상당히 큰돈을 배당받았다. 소영은 크게 한 일도 없이 돈을 받는 것 같아 멋쩍은 표정을 지었다. "미스 김도 처음인데 아주 잘했어"라고 사장은 칭찬하고, 내일 노배를 보내야 하는데 돈이 조금 모자란다며 밤에 아리랑치기를 한 번 더 하자고 했다.

남자들은 사우나에 가서 쉰다며 몰려가고 소영은 여관에서 쉬다가 밤 열 시가 되어 종각으로 나왔다. 밤이 늦은 시간이지만 새해부터 통행금지가 해제되어서 거리에는 사람들이 시간에 쫓기지 않고 몰려다녔다. 나뭇가지에 매달려 반짝이는 전구를 바라보며 소영은 부장을 기다렸다. 알록달록 예쁜 색으로 번갈아 반짝이는 전구를 보니, 크리스마스가 되면 보육원에서 애들과 추리를 장식하던 것이 생각나고 그때가 그리웠다.

부장이 멀리서 손을 들어 골목으로 소영을 불렀다. 술 취해 비틀거리며 걸어가는 남자의 곁으로 사장이 다가가 어깨동무를 했다. 과장은 사장의 앞에서 망을 보고 부장은 뒤에서 주위를 경계했다. 사장은 술 취한 사람의 안주머니에서 깝지(지갑)를 빼서 부장에게 넘겼다. 돈을 빼낸 깝지는 다시 피해자의 주머니에 들어갔다. 소영은 부장의 뒤에서 지나가는 사람들을 살폈다. 알아차리는 사람이 있으면 소영이 비명을 지르며 쓰러져 관심을 돌려야 한다. 그러나 사람들은 술 취한 동료들이 부축하는 것으로 생각하는지 별 관심이 없었다.

무교동으로 건너가서 대상을 다시 골랐다. 과장이 술 취한 사람을 붙잡고 좋은 술집이 있는데 이차를 가자며 잡아끌었다. 소영도 과장의 옆에서 예쁜 여자가 있다며 남자의 팔을 잡았다. 그사이 사장이 옆으로 다가와 남자의 속주머니에서 재빨리 깝지를 빼서 골목으로 들어갔다. 부장은 사장을 쫓아가며 오늘 일은 끝났다고 신호했다.

소영은 세수만 간단히 하고 자리에 누웠다. 소영이 처음 경험한 긴 하루였다. 남의 것을 훔쳤다는 죄책감이 밀려와 마음이 개운하지 않고 기분이 꿀꿀했다. 특히 신촌으로 가는 버스를 타려던 아주머니 얼굴이 얼핏 떠올랐다. 옷차림으로 보아 그렇게 넉넉해 보이지 않았는데……. 형철오빠가 사장이 하는 일을 알려주면서 기술을 배우지 말라고 신신당부하던 말이 생각났다. 그러나 소영은 오늘 배당 받은 돈을 생각하며 억지로 기분을 풀었다. 일주일 동안 서빙하고 받는 돈보다 훨씬 많았다. 소영은 그 돈으로 무얼 하지, 하는 달콤한 생각만 했다.

선불로 받은 돈을 다 갚았지만 소영은 그만두지 못하고 십여 년을 그들과 한솥밥을 먹었다. 사장과 부장은 그 바닥에서 알아주는 기술자라 소매치기 전담반에 움직임이 수시로 노출되었다. 그래서 소매치기 단속기간이 되면 전에 신고 된 소매치기의 수법을 근거로 가끔 잡혀갔다. 올림픽을 앞둔 단속에서는 소영도 처음으로 육 개월을 복역했다. 몇 년 지나 사장이 다시 잡히자 사장은 조직의 해체를 선언했다. 여기서는 신분이 노출되어 더 이상 작업하기 힘들어 복역하고 나오면 부장과 같이 일본으로 가겠다고 했다. 조직이 해체되었지만 소영은 동생들과 같이 다니며 소매치기를 계속했다.

7

전철역 4번 출구에서 나와 백 미터 정도 걸어가자 형철오빠가 알려 준 빌딩이 나왔다. 어린 수진을 성폭행한 강 회장의 빌딩이 대로변의 건물 중에 제일 크고 높았다. 몇 층이나 되려나? 검은 유리에 햇볕이 반사되어 소영은 빌딩을 올려볼 수가 없었다. 소영이 집에서 나설 때는 무언가 할 수 있겠지 하고 막연히 생각했는데, 높은 빌딩을 보는 순간 자신이 한없이 작아지는 것 같았다.

중앙에 있는 회전문을 들어가자 넓은 로비가 나왔다. 세 대의 엘리베이터 사이에 지하 4층부터 12층까지 용도가 안내판에 적혀 있었다. 소영이 로비에서 두리번거리자 안내데스크의 경비원이 날카로운 눈초리로 감시하는 것 같아서 반대편의 출구로 건물을 빠져나왔다. 뒤편은 작은 지상주차장과 지하주차장으로 들어가는 입구가 나타났다.

지상주차장은 2차선 도로가 연결되었다. 호랑이를 잡으려면 호랑이굴에 들어가야 하는데 어떻게 해야 하나? 마침 이면도로 코너의 편의점에서 일할 사람을 구하고 있었다. 일단 그곳에서 일하며 빌딩에 들어갈 방법을 찾아 봐야지.

소영이 빌딩에서 일할 기회는 생각보다 빨리 찾아왔다. 편의점에 담배를 사러 가끔 들르는 경비반장한테 자리를 부탁했는데, 보름 정도 지났을 때 여자청소원을 뽑는다는 소식을 알려주었다.

주차장 한 쪽에 있는 계단을 내려가자 바로 관리사무실이라는 팻말이 보였다. 소영은 깊게 숨을 들이마시며 긴장을 풀었다. 가볍게 문을 노크하고 들어가자 청소반장이 소영을 맞았다. 소영은

가볍게 목례를 하고 그가 안내하는 소파에 가서 앉았다. 한참을
기다리자 흰머리의 노인이 소영의 반대편에 와서 앉았다. 주목 코
와 귓불이 큰 남자를 본 순간 어디서 보았는지 안면이 있는 얼굴
이었다. 어디서 보았지? 소영에게 지갑을 털린 피해자인가? 생각
이 나지 않아 모른척하며 가볍게 고개를 숙여 인사를 했다.

—김소영 씨, 빌딩 청소 경험은 없네요.

관리소장의 느끼한 목소리도 어디서 들어본 것 같았다.

—실내 수영장에서 사무실, 화장실, 탈의실 청소를 삼 년 동안
했습니다.

—수영장은 왜 그만두었어요?

—친구 간병 때문에요. 친구가 유방암 수술을 하고 항암치료를
받을 동안 돌봐주었는데, 친구가 치료를 끝내고 산골로 내려갔어
요.

소영은 수영장에서 일하다가 수진이 유방암을 수술하자 그녀
를 돌보려고 그곳을 그만두었다.

—가족관계는 어떻게 되나요?

—남편과 이혼하고 혼자예요.

소영은 면접이 아니고 취조를 받는 느낌이 들어 질문하는 소장
을 자세히 바라보았다. 오래전 소영을 취조하던 소매치기 전담반
형사가 떠올랐다. 앞에 보이는 소장의 앞머리가 훵하게 빠지고 하
얗게 쉬어 알아보지 못했지만 그자가 틀림없었다. 늘어진 테이프

가 돌아가는 것 같은 느끼한 목소리도 변하지 않고 그대로였다. 오래전 일이라 소장이 못 알아보겠지, 라고 생각했지만 가슴이 콩닥거리며 빠르게 뛰었다. 소영은 고개를 숙이고 면접이 빨리 끝나기를 기다렸다.

─버스에 소매치기가 있나. 왜 이렇게 밀지.

사장이 범행 대상을 찾지 못하자 소영이 나지막하게 중얼거렸다. 사람들은 소매치기가 있다는 말을 들으면 자신의 귀중품이 있는 곳을 확인한다. 역시 한 남자가 손으로 바지의 뒤 호주머니를 더듬었다. 사장은 버스가 정류장에 도착하자 뒤에서 "내려요." 하고 소리치며 천천히 사람들을 밀고 나왔다. 소영은 그 남자를 어깨로 밀며 책으로 뒤를 가렸다. 그사이에 부장이 남자의 뒤 호주머니에서 재빨리 지갑을 빼낸 다음 문에서 대기하던 과장과 같이 내렸다.

버스가 다음 정류장에 도착하기 전에 남자는 지갑이 없어진 것을 알아차렸다. 남자는 버스 안에 소매치기가 있다며 경찰서로 가자고 소리 질렀다. 소영이 다음 정류장에서 내려야 하는데 기사는 정류장에 서지 않고 경찰서 마당에 사람들을 풀어놓았다.

경찰서에서 소매치기 전담반 형사 두 명이 한 사람씩 승객들의 소지품을 살폈다. 지갑이 나오지 않자 남자는 소영을 가리키며 이 여자가 자기를 뒤에서 밀었다고 형사에게 말했다. 소영은 뒤에서 내리는 사람들에 밀렸다고 말했지만 형사는 소영과 피해자만 남기고 다른 사람들은 버스로 돌려보냈다.

주목 코 형사는 피해자의 진술서를 작성한 후에 얼굴이 인쇄된 사진을 가지고 와서 버스에서 먼저 내린 사람들 중에 용의자가 있는지 물었다. 소영에게도 사진을 한 장씩 넘겨가며 물어보았다. 사장과 부장의 사진을 보고 가슴이 뛰었지만 소영은 무표정하게 사진을 넘겼다. 앞 정류장에서 내린 사람이 소영의 뒤에 있어 얼굴은 못 봤다고 말했다.

조사를 끝내고 피해자는 보냈지만 소영은 여경이 올 때까지 기다리라고 보내주지 않았다. 형사는 소영이 범인일 수도 있다고 생각하는 것 같았다. 어떻게 여기를 빠져나가지? 소영은 자리에서 일어나 "형사님. 업소에 가서 화장도 하고 머리도 만져야 하는데. 빨리 보내 줘요." 하고 콧소리로 말했다. 형사는 빙그레 웃으며 시집을 들고 다니는 게 그럴 줄 알았다며 어디에서 일하는지 물었다. 소영은 형철오빠가 일하는 '천지'를 댔다. 형사는 소영을 취조실로 데리고 들어가서 가슴이 불룩한 게 이상하다고 느끼한 목소리로 말하며 소영의 유방을 꾹꾹 찔렀다. 소영은 할 수 없이 브래지어를 들어 올리고 털며 "우리 가게에 한번 놀러 와요. 잘해 드릴게." 하고 애교를 부렸다.

경찰서에서 나온 소영은 미행하는 사람이 있을까 염려되어 수진이 집으로 갔다. 낮이라 학교에 갔는지 수진은 집에 없었다. 소영은 시든 배추처럼 쭈그려 앉아 수진을 기다렸지만 밤이 되도 오지 않았다. 밤늦게 그곳을 나와 소영은 여관으로 향했다. 점심부터 걸러 배가 비었지만 가슴이 허한 게 밥 생각이 없었다. 그냥 부장한테 술이나 실컷 사달라고 할까? 술이 취하면 부장을 잡고 실컷 울고 싶었다.

여관에 도착해서 부장의 방문을 두드렸지만 아무런 반응이 없었다. 아직 안 들어왔나? 방문을 잡아당기니 바로 열렸다. 불을 켜자 방이 깨끗이 정리되어 있었다. 어떻게 된 일이지? 여관 주인에게 물어보니 시골에 급한 일이 있어 짐을 싸서 내려갔다고 말했다.

소영은 구멍가게에서 소주와 새우깡을 사다가 방에서 혼자 술을 홀짝홀짝 마셨다. 술을 마시며 소영은 '짭새(형사)를 달고 올까 토낀 거지. 소영이가 그렇게 어리숙한 줄 알아.' 하고 주정을 했지만 헛헛한 속은 채워지지 않았다. 빈속에 소주 한 병을 마시자, 술에 취해 방바닥에 쓰러졌지만 정신은 말짱했다. 이곳에 온 지 다섯 달인데, 이곳에서도 버림받았나? 수진이 있는 곳으로 돌아갈까? 기회가 있으면 그 조직에서 나오라는 형철오빠의 말이 떠올랐지만 무거운 쟁반을 들고 돼지갈비를 나르는 일로 돌아가고 싶지 않았다. 크게 힘들이지 않고 돈을 버는 이곳에 소영은 이미 길들여져 있었다.

사흘째 되는 날 여관에 찾아온 부장을 따라 소영은 아현동의 여관으로 거처를 옮겼다. 그자는 독한 것으로 소문난 박 형사인데 소영이 그 정도에서 풀려난 것은 다행이라며 사장은 등을 토닥여주었다. 그 후에 동대문운동장과 장충체육관에서 단속 나온 박 형사를 여러 번 보았다. 멀리서 그가 보이면 그날은 공쳐도 작업을 포기했다.

강 회장의 빌딩에 미화원으로 들어갔으나 빌딩에서 청소하는 일은 소영이 생각했던 것보다 힘들었다. 새벽에 선배 언니보다 일찍 청소를 시작했지만 경험이 많은 그들보다 손이 느려 항상 늦게 끝났다. 소영이 청소를 마치고 지하 2층의 휴게실로 내려가니 아홉 시가 넘었다.

ㅡ동생, 빨리 씻고 와.

소영보다 열 살 위인 서 여사가 벌써 씻고 식탁에서 소영을 불렀다. 서 반장과 박 여사도 벌써 아침식사 준비를 마치고 소영을 기다리고 있었다. 소영은 가볍게 얼굴과 손을 씻고 밥상에 바싹 붙어 앉았다.

ㅡ반장님 김 여사가 온 지 한 달이 넘었는데, 회식 한 번 해야지요.

소영이 자리에 앉자 박 여사가 밥을 먹으며 반장한테 회식을 하자고 졸랐다.

ㅡ2층 내과에서 수고비 받은 돈이 있어. 이번 금요일에 시간 있

어요?

반장이 달력을 쳐다보며 물었다.

─동생, 목에 낀 먼지를 삼겹살로 씻어내자고.

소영은 고개를 끄덕이며 김치찌개를 한 숟가락 떠서 입에 넣었다. 푹 익은 김치가 입에서 부드럽게 녹으며 돼지고기 살코기가 고소하게 씹혔다.

─김 여사, 아침 먹고 소장이 관리실로 오라고 하던데.

반장은 소장이 부른다고 소영에게 말했다.

─아니 소장은 여기도 할 일이 많은데, 꼭 신입만 오면 아침마다 자기가 할 일을 시키나 몰라. 전에 나간 전 여사도 소장이 자꾸 귀찮게 하니까 그만두었잖아.

서 여사가 반장을 보며 툴툴거렸다.

─우린 쭈글쭈글하다고 소장이 부르지도 않아. 김 여사는 얼굴이 곱상하니 자주 부르겠는데.

서 여사의 말에 박 여사도 맞장구쳤다.

소장이 소영을 알아볼까 그와 마주치는 것이 껄끄러운데……. 소영은 호랑이굴에 왔다가 여우한테 물려가는 것 같은 기분이 들었다.

금요일에 청소를 끝내고 언니들과 함께 전철역 뒷골목에 있는 음식점을 기웃거렸다. 그중에서 고기를 먹을 때면 가끔 간다는 삼겹살집으로 들어가서 자리를 잡았다. 서 여사는 삼겹살을 시키고

서 반장에 전화하여 자리 잡은 곳을 알려주었다. 노릇하게 삼겹살
이 구워질 무렵에 서 반장도 도착했다. 그 사이 박 여사는 소주와
맥주를 시켜 첫 잔을 폭탄주로 말았다.

서 반장이 소영에게 반갑다는 말을 하며 잔을 들어 술을 권했
다. 소영은 술을 조금 들이마시고 노릇하게 구워진 고기를 상추에
싸서 입에 넣었다. 소맥에는 삼겹살이 정답이었다. 모두들 배가
빈 상태라 정신없이 술과 고기를 먹었다. 금세 불판에 구워진 고
기를 다 먹고 새로 올렸다.

—소장이 무슨 일을 시켰어?

소영이 혹시 괴롭힘을 당하지 않았나 하고 서 여사가 물었다.

—난에 물 주는 거요. 관리실과 회장실에 있는 난을 2주일에 한
번씩 물을 주래요.

—그게 시작이야. 조금씩 늘려가며 집적거릴걸. 부인이 삼 년
전 죽어서 혼자 살잖아.

—다른 빌딩은 소장이 젊은데 여기 소장님은 연세가 많은 것 같
아요. 몇 살이나 되셨어요?

소영은 전직 형사가 여기에서 일하는 게 궁금했다.

—나하고 동갑이야. 내가 여기 온 지 십 년 됐는데 나보다 일 년
먼저 왔어. 경찰에 있다가 퇴직하고 사업을 했는데 쫄딱 망했나
봐. 회장하고 고등학교 동창이라 불러 일을 시킨 것 같아. 그때부
터 빌딩 일은 소장이 거의 맡아서 해.

반장은 소장과 십 년 동안 같이 있어 잘 아는 것 같았다.

—반장님, 소장한테 말해서 우리 연차휴가를 수당으로 달라고 해요. 휴가를 쓰라고 하지만 내가 놀면 내 일을 동생들이 나눠서 해야 하는데 힘들어서 안 돼요.

—나도 소장한테 몇 번 말했어. 그런데 돈에 관계되는 것은 회장에게 말해도 꿈쩍하지 않는데. 7층에 있는 대부업체 사람들 얘기를 들으면 회장은 돈에는 피도 눈물도 없데. 법으로 정한 것보다 높은 이자를 받고 연체되면 담보된 재산을 통 채로 집어삼킨데. 작년에는 높은 이자를 받아서 경찰에서 회장실을 압수 수색한 적도 있었어.

대부업체는 회장 사무실과 같은 7층에 있었다. 직원이 삼십여 명 되고 사장이 따로 있었지만 실질적인 주인은 강 회장이었다.

—그래서 어떻게 되었어요?

소영은 어떤 정보라도 들을까 하고 물었다.

—별 문제 없이 지나갔어. 아들하고 사위들이 빵빵하잖아. 다 무마시키는 방법이 있겠지.

며칠 전에 소영이 관리실에 들어가자 소장은 화들짝 놀라 무언가를 적고 있던 노트를 황급히 닫았다. 무얼 쓰다 저렇게 놀라지? 소영은 곁눈질로 노트를 눈여겨보았다. 진청색 양장노트였다. 다음날부터 소영이 며칠 동안 탈탈 뒤져 어제 소장의 뒤에 있는 책장에서 진청색 양장노트를 찾았다. 노트는 큰 책들 사이에 교묘하게 숨겨져 있었다. 노트에는 날짜와 영어 이니셜로 표시한 옆에 금액이 적혀 있어 불법으로 하는 일과 관계있는 것 같았다. 소장은 그것을 왜 기록하고 있을까? 회장도 그런 자료가 있겠지.

8

봄에 심은 상추가 사람 키보다 크게 자라고 꽃대가 올라왔다. 상추를 뽑아내고 다시 씨를 뿌리려고 수진이 종묘 가게에 들렀다. 상추 대는 다듬어서 말리면 궁채가 된다고 이장 부인이 알려주었다. 궁채는 물에 불려 들기름과 간장 등 양념을 넣고 볶으면 맛있는 나물이 된다고 했다. 종묘 가게에 온 김에 말복 전에 뿌릴 배추 씨와 무씨도 샀다. 김장을 할 수 있을지 몰라도 준비는 해야지.

며칠 전에 이장이 콩밭에 오면서 필요한 것을 경운기로 실어다 주어서 수진이 시장에서 살 것은 별로 없었다. 돌솥비빔밥을 먹고 집으로 돌아가려니 너무 이른 시간이었다. 어디에서 시간을 보내지? 수진은 오래전에 왔던 절이나 가볼까 하는 생각이 들었다. 불교신자는 아니지만 부처님오신 날에는 절에 구경을 갔는데 금년에는 잊고 지나갔다. 절에 가는 버스가 공용주차장에서 떠난다고 하니 수진은 서둘러 그곳으로 향했다.

버스에서 내려 절로 들어가는 길이 길었지만 수진은 몸이 가벼워 걸을 만했다. 이제 암이 같이 살기로 작정한 것인가? 그렇지 않으면 전구의 필라멘트가 끊어지기 전에 반짝 밝아지는 것과 같은 현상인가? 금년 봄은 못 볼 줄 알았는데 벌써 여름이 되었다.

음력 초하루 날이라 절에는 사람들이 많았다. 내려오는 사람들을 피해 계단을 오르자 넓은 절 마당이 나타났다. 오래된 절이지만 맑은 하늘에서 밝은 햇살이 내리비쳐 건물들이 물로 씻은 듯 산뜻했다. 높은 계단 위의 대웅전은 햇빛을 받아 새로 단청한 문양이 도드라져 보였다. 전각의 앞에 큰 석등이 눈에 띄어 수진은 그곳으로 발걸음을 옮겼다. 무엇을 밝히려고 석등은 저 자리에 서 있는 것일까? 몇 번 왔어도 본 기억이 전혀 없다. 전에 왔을 때는 홍매에 끌려 그곳으로 달려갔었지. 봉우리를 터트리는 홍매를 찍으려고 많은 사람들이 그곳에만 있었다. 지금은 꽃이 진 홍매보다 사람들은 석등에 관심을 보였다.

이곳에 오니 정 선생이 문득 떠오르며 가슴이 찌릿하고 저려왔다. 수진의 첫사랑이자 유일하게 사랑한 남자였는데……. 지금의 그녀라면 정 선생한테 성폭행당한 사실을 밝히고 도움을 청했을까? 그녀는 고개를 가로저으며 뒷마당으로 발걸음을 옮겼다. 홍매보다 더 오래된 매화는 어떤 모습을 하고 있을까?

작은 암자의 뒤편 연못가의 나무들 틈에서 오래된 매화를 찾았다. 매화를 보자 정 선생의 목소리가 들리는 것 같았다. "저기 흰 꽃의 매화가 홍매보다 더 오래된 나무인데 사람들은 관심이 없어. 그러나 나는 이 절에 오면 저 매화를 꼭 보고 가지." 정 선생이 저 매화를 찾는 이유는 무엇일까? 지금도 이 절에 오면 먼 구석에 있는 저 매화를 보러 올까?

정 선생과 포옹한 장면이 떠올랐다. "저 흰 매화는 봄마다 꽃이 피지만 흔한 꽃이라 보러 오는 사람이 거의 없어. 사람들의 관심이 없어도 사백 년 넘게 변함없이 꽃이 피지. 나는 묵묵히 자기 일을 하는 수진이가 저 나무 같다는 생각이 들어"라며 수진을 품에 안았다. 수진은 심장이 터질 것 같이 빨리 뛰며 숨이 막혔다. 수진은 온몸을 그의 가슴에 맡기고 세상이 여기서 멈추었으면 하는 생각이 들었다.

삼십여 년이 지난 일을 회상하는데 갑자기 현기증이 나며 가슴이 찢어질 듯 아팠다. 숨을 쉴 수 없어 수진은 그 자리에서 주저앉았다. 수진은 배낭 속에서 약을 찾았다. 심한 통증이 올 때 먹으라고 처방해 준 약이 보이지 않았다. 한 번도 그런 일이 없어 준비를 소홀히 했다. 계속된 통증에 모자를 벗고 머리를 다리 사이에 넣고 아픔을 견뎠다. 참기 힘든 통증에 울음이 저절로 나왔다. 이제부터 고통의 시간이 시작되는 것인가? 수진의 휴대폰에서 벨이 울렸다. 칼로 생살을 도려내는 것 같은 아픔이 벨소리보다 길게 이어져 전화를 받을 수 없었다.

얼마의 시간이 지났을까? 통증이 간헐적으로 나타났지만 조금 견딜 만하였다. 어깨를 흔들며 깨우는 소리에 수진은 정신을 차렸다. 나이 든 스님이 수진을 내려다보고 있었다. 구급차를 부를까 하며 스님이 물었다. 수진은 고개를 좌우로 흔들었다. 따뜻한 차를 주겠다는 스님을 따라가 암자의 댓돌에 앉았다. 따뜻한 차를 한 잔 마시니 통증이 한결 가셨다. 정신을 차리고 차림을 살펴보니 짧은 머리가 한쪽으로 꾸겨진 것 같았고 눈가에는 눈물이 말라붙었다. 수진은 스님에게 감사 인사를 드리고 서둘러 암자를 떠났다.

수진이 정오부터 소영을 기다렸으나 세 시가 넘어서야 왔다. 소영은 가방에서 닭가슴살을 꺼내 백구와 얼룩에게 나눠주고 수진에게는 상황버섯을 주었다. 그리고 지금이 일하기 좋은 시간이라며 소영인 몸뻬바지를 입고 나섰다.

수진은 기운이 없어 쉬고 싶었지만 내색하지 않고 목장갑을 끼고 상추밭으로 갔다. 수진은 소영이 상추의 밑동을 낫으로 자른 것을 가져다 다듬었다. 그리고 해가 잘 드는 곳에 비닐 깔판을 깔고 상추 대를 널었다. 소영이 감자넝쿨을 걷고 쇠스랑으로 캔 감자를 수진은 밭두렁에 올려 물기를 말렸다. 수진이 차일피일 미루어 놓은 일이었는데 둘이 손을 맞추니 금방 밭이 정리되었다. 소영은 내친김이라며 밭도 다 갈아엎어 새로 상추를 뿌릴 곳과 나중에 김장 배추씨와 무씨를 뿌릴 땅도 정리하였다. 그사이 수진은 저녁 찬거리로 오이와 가지 그리고 고추를 조금 땄다. 집터 밑으로 내려가 쌈으로 먹을 호박잎과 애호박도 한 개 땄다.

저녁식사를 마친 후에 수진인 피곤하여 바로 자리를 깔고 누웠다. 전등을 끄자 탁자에 켜 놓은 노란 수면 등이 방안을 희미하게 비췄다. 낮에 모처럼 힘든 일을 해서인지 잠이 서서히 밀려왔다.

—며칠 전 내가 몇 번이나 전화했는지 알아.

소영인 기운이 아직도 남아있는지 목소리가 좁은 방안에 쩡쩡 울렸다.

—초하루 날이라 절에 갔었어. 법당에 있을 때 전화했나 봐. 휴대폰이 배낭 안에 있었어.

수진은 수술 부위에 통증이 온 것은 말하지 않았다. 소영이 그것을 알면 당장 같이 병원에 가자고 야단할 것이었다. 수진은 이제 죽음이 코앞에 다가온 것을 본능적으로 알 수 있었다. 간혹 더 살 수 있는 방법은 없을까, 하는 생각이 들기도 했다. 그러나 고통과 악몽 속에 사는 것은 의미가 없는 일이라고 자신을 달랬다.

—내가 얼마나 놀랐는지 알아. 청소하던 일을 팽개치고 내려올까 하는데, 그때 네가 전화한 거야. 그래도 안심이 되지 않아서 쉬는 날 내려왔어.

—미안해. 이렇게 잘 있잖아. 그런데 빌딩 청소일은 힘들지 않아.

—다섯 층을 맡아서 하는데 한꺼번에 전부를 생각하면 힘들어, 쉬지 않고 한 방씩 청소하다 보면 한 층이 끝나고, 한 층씩 청소하다 보면 다섯 층이 다 끝나.

―생각보다 힘든 일이구나. 소영아 내일 갈 때 오늘 캔 감자를 배낭에 넣어가. 그리고 된장하고 청국장도 가져가. 내가 넉넉히 준비했어. 같이 일하시는 분들에게도 하나씩 갖다 드려.

―웬 된장과 청국장이야.

―이장님이 밭에 콩을 심어 된장과 청국장을 만들어 전국에 택배로 파시잖아. 부탁했더니 밭에 오시면서 가져다주셨어.

―마트에서 파는 된장으로도 맛있는 된장찌개를 끓이는데 서언니가 좋아하겠다.

수진의 몸은 물먹은 솜처럼 눅신눅신하여 소영의 말이 아스라이 들려오다가 아슴아슴 잠에 빠졌다. 얼마나 잤을까? 보육원 마당의 돌에 앉아 실뜨기를 하는데 엄마가 찾아왔단다. 어린 수진이 매일 기다리던 엄마였다. 엄마가 찾아왔으니 이제 보육원을 떠날 수가 있겠지. 수진인 원장실에 달려가서 엄마를 찾았다. "내가 네 엄마다." 하고 수진일 끌어안는 여자를 보니 몸뻬바지를 입은 소영이었다. 너는 소영이잖아 라고 소리치며 잠에서 깼다.

엄마에 대한 그리움이 아직도 마음속에 웅크리고 있나? 몸이 아프니 수진인 요즈음 엄마 꿈을 자주 꾸었다. 꿈속의 엄마는 항상 소영이었다. 깊은 잠에 빠진 소영을 내려다보며 '네가 진짜 내 엄마다.' 하고 수진인 중얼거렸다.

9

시외버스의 의자에 기대어 눈을 감았지만 잠이 오지 않았다. 수진이 눈가에 검은 서클이 또렷하게 보이고 체력이 현저히 떨어진 것 같았다. 작은 폭포로 아침 산책을 가는데 수진이 힘들어해 세 번이나 쉬었다. 기운이 하나도 없이 바위에 앉아 쉬는 수진이 모습이 계속하여 머릿속에서 어른거렸다. 헤어질 때 가을걷이가 끝나면 경로당에서 어르신들에게 한글을 가르치기로 했다며 다음에 올 때는 필요한 교재를 사다 달라고 했다. 지금 상태면 수진이 그때까지 살 수 있을지 알 수 없었다. 수진이 정신이 있을 때, 회장의 약점을 잡아야 할 텐데…….

형철오빠는 강 회장의 정보를 주면서 소영을 극구 말렸다. 그동안 억울하게 성폭행을 당한 여종업원들을 무수히 보아왔는데 피해를 인정받은 경우는 거의 없었어. 합의로 관계한 것인데 돈을 뜯어내려 거짓말을 한다고 가해자 측 변호사가 주장하지. 대부분 그 주장이 그대로 인정되고 끝나. 수진이 어렸을 때 당한 일이 억울하지만 증인도 없고, 공소시효도 지나서 그를 처벌할 수는 없어. 소영이 네 성질에는 무슨 일이라도 벌이겠지만 너만 다쳐. 네 전과 기록을 보면 강 회장을 협박해서 돈을 뜯으려는 사기범으로 볼 거야. 내가 말려도 소용없겠지만 진영인 끌어들이지 마. 그놈들은 공범이라고 진영이도 잡아넣을 거야.

오빠의 말대로 어떻게든 혼자 해결해야지. 수진이 병세가 더 이상 나빠지기 전에 회장의 비리를 찾아내야 하는데 겨우 알아낸 것은 강 회장이 하는 대부업체에 비리가 있을 거라는 막연한 추측뿐이었다. 수진일 생각하면 이대로 물러설 수 없잖아. 내일부터는 회장실을 집중으로 살펴봐야지.

회장실 문의 보안을 해제하고 진공청소기와 청소도구 통을 밀고 사무실로 들어갔다. 날이 밝아오며 넓은 유리창을 통해 멀리 떨어진 건물의 윤곽이 선명하게 보였다. 불을 켜자 창밖의 풍경은 사라지고 그 자리에 소영의 모습이 설핏 비쳤다. 머리에 흰 스카프를 한 작업복차림의 초라한 청소부 모습이었다.

진공청소기로 카펫의 먼지를 빨아들이고 책상 위를 물걸레로 깨끗이 훔쳤다. 오늘도 회장과 주임의 책상 위에는 탁상달력 외에 아무것도 없었다. 소영은 회장 책상 밑에 있는 휴지통의 쓰레기를 하나씩 살펴보며 비닐에 담았다. 코푼 화장지와 버리는 전단지 외에는 특별한 것이 없었다.

소영이 청소를 마치고 금고 주위를 살펴보았다. 서류들은 금고 안에 있겠지? 금고 번호를 알아야 열 텐데……. 몰래카메라를 설치해 볼까? 금고 옆의 벽에 걸린 사진틀에 설치할 수 있을까? 사진틀을 살피는 소영을 사진 속의 회장이 비웃으며 내렸다는 것 같았다.

소영은 아침밥을 먹고 7층으로 가서 회장실 문을 두드렸다.

-여사님 무슨 일이에요.

강 주임이 문을 열며 물었다.

-난에 물주라고 소장님이 시켰어. 회장님 오시기 전에 화분을 내가야지. 강 주임한테 청국장도 주려고. 시골에 내려갔다가 사왔어. 냄새도 안 나고 괜찮아.

소영은 가지고 온 청국장을 불쑥 들이밀었다.

-청국장을 우리 신랑이 엄청 좋아 하는데.

청국장을 받으며 강 주임은 환하게 웃었다. 소영일 옆의 의자에 앉히고 커피를 타 가지고 왔다.

-회장님 오실 시간이잖아.

-회장님 모임이 있어 두 시경 나오실 거예요.

강 주임의 책상 위엔 청소할 때는 없던 소형 금전 함과 여러 개의 장부가 놓여 있었다. 금전 함이 어디에 있었지?

-아침 청소할 때 책상 위에 아무것도 없던데. 장부가 많네.

-금고에 있었어요. 회장님이 금고를 저보고 쓰라고 해서 통장과 장부를 그곳에 보관해요.

-금전 함에 돈이 많은가 봐, 금고에 넣어 두고.

-통장에서 회장님이 자동 이체하니 현금은 얼마 없어요.

이때 회장의 책상 위에 있는 전화기에서 벨이 울렸다.

-예, 회장실입니다.

-…….

—회장님 출근 전이십니다. 글쎄 별말씀이 없어서서 언제 나오실지 모르겠습니다.

—누군데 식사하고 나오신다고 하지 않았나?

—여사님 비밀이에요. 소장님인데 회장님은 본인의 스케줄을 누구에게도 말하지 말라고 했어요. 그러면서 "김정은이가 어디 가는지 절대로 밝히지 않잖아. 마찬가지로 내가 가는 곳을 누구한테도 말하지 마"라고 하셨어요. 가끔 대부업체에서 연체된 물건을 경매에 부치면 회장님을 찾아와 행패를 부리니 그러시는 것 같아요.

—그래도 소장님은 친구라며.

—두 분 사이가 요즈음 나빠졌어요. 일 년에 한두 번씩 티격태격하는데 무슨 일인지 몰라도 요번엔 대판 싸우신 것 같아요. 그래서 소장님이 전화해서 회장님 간 곳을 아는 척하면 나만 혼나요.

이때 소장이 소영의 휴대폰으로 전화해서 관리실로 오라고 했다. 소영이 책상과 탁자에 있는 난을 들고 일어나자 강 주임은 혼자 있어 심심하다며 회장님이 없을 때는 놀러 와서 커피를 마시고 가라고 했다.

소영이 관리사무실로 내려가자 소장은 철제 캐비닛에 있던 바인더를 정리하고 있었다. 소영에게 따로 빼놓은 서류를 잘게 찢어서 박스에 담으라고 시켰다. 소영은 바인더의 비닐에서 종이를 빼내고 잘게 찢어 박스에 담았다. 부지런히 작업했지만 바인더는 점점 쌓여갔다. 마침 설비주임이 오전 점검을 마치고 사무실로 들어왔다.

−허 주임도 이리 와서 이것 좀 도와줘.

−소장님 채권서류들을 왜 버리세요?

−회장이 자기를 도와주면 돈을 받아주겠다고 해서 십 년 넘게 뒤치다꺼리했는데 자기 돈만 회수하고 내 돈은 관심도 없어. 채권을 연장해야 하는데 돈이 안 되는 것은 버려야지.

−소장님 관리업체에 빌딩 운영을 맡긴다는 소문이 있는데 사실이에요?

−회장 큰아들 친구가 관리업체 이사로 있나 봐.

−그러면 저희는 어떻게 돼요?

−나를 내보내려고 하는 수작이야. 당신들은 누가 와도 고용 승계될 테니까 걱정하지 마.

−설마 회장님이 소장님을 자르겠어요?

−그런 소리 하지 마. 오늘도 동창 모임에 혼자 나갔어. 총무가 같이 나오라고 연락했다는데……. 강 주임한테 연락해 보니 모르는 척하잖아. 내가 이제 쓸모가 없어진 거지. 나도 이제 여기를 정리할 때가 됐나 봐.

한때는 알아주던 박 형사가 나이가 들으니 소장 자리에서도 밀려나는 신세가 되었나?

─김 여사……. 미화원들은 아무 변동도 없을 테니, 지금 말은 못 들은 것으로 해…….

소장의 목소리가 달팽이관에 느끼하게 스며들었다. 소영은 버터를 먹은 것처럼 느글거리고 가슴을 훔쳐보는 소장의 눈길이 따가워 쳐다보기 거북했다. 소영은 알겠다고 고개만 끄덕였다. 이런 일을 대비해서 소장이 회장의 비리를 노트에 기록했나? 회장은 불법 채권서류를 어디에 보관할까? 직원들에 변화가 있기 전에 먼저 회장의 서류를 찾아야 된다는 생각에 마음이 조급해졌다.

소영은 다음 날 새벽에 출근하여 제일 먼저 회장실로 갔다. 들어가자마자 강 주임의 책상으로 가서 탁상 일력을 차근차근 넘겨보았다. 소영이 생각한 대로 일력의 마지막 장에 금고의 번호가 작게 적혀 있었다. 지체 없이 번호를 돌려 금고문을 열고 내용물을 꺼냈다. 그곳에는 강 주임의 말대로 금전 함과 그녀의 장부밖에는 없었다. 회장은 채권서류를 어디에 보관할까? 책상에 보관할까? 책상을 어떻게든 열어 봐야지. 그러나 회장의 주머니에 있는 열쇠를 어떻게 몰래 꺼내지?

소영은 사흘 동안 점심시간에 회장실을 살피다가 회장과 강 주임이 같이 식사하러 가는 기회를 잡았다. 소영은 바구니에 스프레이와 마른걸레를 넣고 경비실에 가서 유리창을 닦을 거라고 말하고 보안카드와 열쇠를 받아 회장실로 들어갔다. 예상대로 회장 책상의 오른쪽 서랍에 열쇠가 꽂혀 있었다. 바구니를 책상에 올려놓고 열쇠를 뽑아 여러 각도에서 사진을 찍었다.

교도소에 같이 있던 언니가 가르쳐준 철물점을 찾아가서 열쇠를 만들었다. 다음날 그 열쇠로 책상을 열어보았으나 꼼짝하지 않았다. 오늘도 제일 먼저 회장실로 가서 수정해 온 열쇠를 책상에 넣고 돌렸다. 기대와는 달리 열쇠는 꼼짝하지 않았다. 힘을 주어 돌리니 열쇠가 휘는 것 같았다. 두 번을 수정해도 안 열리니 이제 다른 열쇠점을 찾아야 할까?

소영은 아래층에서 아침 청소를 마무리하다가 철물점 주인의 말이 떠올랐다. 이번에도 열리지 않으면 열쇠를 일 미리 정도 빼서 돌리라고 했는데…… 소영은 내일까지 기다릴 수 없어 회장실로 다시 들어갔다. 회장의 책상으로 가서 열쇠를 깊게 밀어 넣은 다음 조금씩 빼며 열쇠를 돌렸다. 어느 지점에서 철컥하고 잠금이 열렸다. 철컥하는 소리에 소영은 깜짝 놀라 심장이 멈출 것 같았다. 소영은 숨을 크게 들이마시고 위에 있는 서랍부터 하나씩 열어 안의 내용물을 대충 훑어보았다. 그러나 소영이 생각한 서류는 바로 보이지 않았다. 조금 있으면 강 주임이 나올 시간이라 아쉽지만 더 이상 지체할 수가 없었다. 내일 새벽에 다시 자세히 봐야지, 라고 생각하고 소영은 서랍을 닫고 열쇠를 잠갔다.

소영이 저녁을 먹고 일찍 잠들었는데 핸드폰이 계속 울렸다. 누구지? 소영이 잠결에 전화를 받으니 수진이 사는 움터골의 이장이라고 밝혔다. 수진에게 무슨 일이 생겼나? 소영은 소름이 찌릿하고 등골로 올라가며 정신이 바싹 들었다. 이장은 오늘 수진을 D시에 있는 종합병원의 호스피스 병동에 입원시켰다고 했다. 수진이 휴대폰에 최근 통화 기록이 있어 연락해 주는 것이라고 말했다.

소영은 다시 잠을 잘 수가 없어 침대에서 일어나 거실로 나왔다. 물을 끓여 따뜻한 커피를 타서 식탁에 앉았다. 내일 새벽에 빌딩에 가서 휴가를 내고 수진을 보러 가야지. 그런데 이제 회장을 벌주는 것을 멈추어야 하나? 수진이 죽은 후에는 의미가 없지 않을까? 그래도 일단 그런 서류가 있는지 내일 새벽에 자세히 찾아봐야지.

소영은 뜬 눈으로 밤을 새고 첫 차를 타고 빌딩으로 나왔다. 친구가 병원에 입원하여 면회를 가는데 휴가로 처리해 달라고 반장에게 전화했다. 시간이 있어 7층 청소는 하겠다고 말했다. 전화를 끊고 바로 청소도구를 밀고 회장실로 들어갔다. 반장이 나오려면 30분 정도의 시간 여유가 있었다. 회장의 책상으로 가서 오른쪽 서랍의 문을 열었다. 제일 위 칸의 낮은 서랍은 필기도구와 명함철 그리고 사진첩 등이 있어 볼 필요도 없었다. 중간 칸을 열고 서류를 책상 위에 전부 올려놓았다. 빌딩 입주회사의 임대계약서들이었다. 서류를 넣고 제일 아래의 서랍을 열었다. 서둘러 서류를 빼내다 서랍이 아래로 빠졌다.

서류를 책상 위에 빼놓고 소영은 주저앉아 떨어진 서랍을 홈에

끼웠다. 무릎을 꿇고 서랍을 끼우는데 서랍과 책상의 바닥 사이 공간에서 검은 것이 보였다. 이게 무엇이지? 꺼내 보니 바인더 북이었다. 소영이가 찾던 강 회장이 불법으로 전달한 로비자금 리스트가 들어 있었다. 책상의 왼쪽도 바닥을 개조한 공간이 있었다. 밑의 서랍을 뽑자 그곳에서는 법정이자를 초과해서 계약을 한 불법채권 서류가 나왔다.

10

수진은 소독약 냄새가 짙은 병실의 안쪽 침대에서 자고 있었다. 얼마 전에 볼 때는 이렇지 않았는데……. 가죽만 남은 수진의 얼굴엔 불룩 튀어나온 광대뼈만 보였다. 뼈만 남은 수진의 얼굴을 보니 소영은 눈물이 저절로 흘러나왔다. 링거를 팔에 꽂고 잠이 들어 있는 수진에게 다가가 손을 잡았다. 뼈만 앙상한 수진의 손은 얼음장처럼 차가웠다. 소영은 자신의 따뜻한 손으로 수진의 차가운 손을 주물러 녹였다.

수진이 얼마 더 살 수 있을까? 곧 세상을 떠날 것 같은 수진의 얼굴을 보니 소영은 함께 보낸 지난날들이 머릿속에 하나둘 떠올랐다. 수진이 파양되어 돌아온 후로 단짝이 되어 다니던 학창시절이 주마등처럼 지나갔다. 공부가 싫어 뛰어놀기만 하던 소영이 그나마 고등학교까지 졸업한 것은 수진이 덕분이었다. 나이가 차서

보육원을 나와 둘이 자취할 때도 한 번도 다툰 적이 없었다. 수진
인 공부할 때를 빼면 모든 것을 소영이 하자는 대로 양보했다. 소
영이 소매치기 조직에 들어가서 둘이 떨어질 때까지 친자매보다
더 친하게 붙어 다녔다. 그런 수진을 이렇게 보내야 하는 현실이
소영은 믿어지지 않았다.

잠시 후 수진이 잠에서 깬 듯 가늘게 눈을 떴다.

—수진아, 나 소영이야.

한참 실눈을 뜨고 바라보던 수진인 한참 만에야 소영일 알아보
는 것 같았다.

—엄마가 나를 보러 왔네.

수진인 낮게 중얼거리고 다시 눈을 감았다. 죽는 날까지 엄마가
보고 싶은 수진의 마음을 소영도 알 것 같았다. 눈물이 계속해서
흘러 수진의 손에 떨어졌지만 소영인 멈출 수가 없었다.

담당 의사를 만나서 병세를 들어보니, 수진의 병이 악화하여서
두세 달을 넘기기 힘든 상태며 지금은 링거에 진통제를 넣어 통증
만 줄인다고 말했다. 소영은 간호사실에 들러 수진이 운명하면 연
락해달라고 자신과 진영의 전화번호를 알려주었다. 원무과에 들
러 병원비를 알아보고 그리고 장례업체를 찾아갔다. 수진이 죽은
후에 필요한 장례절차를 상담을 하고 계약금을 지불했다.

고속도로 휴게실에서 빵과 우유로 아침을 간단히 먹었는데 장
례업체에서 일을 보고 나니 벌써 저녁이 되었다. 뱃속은 비었지만

밥 생각이 없어 골목의 작은 술집으로 들어갔다. 소영은 파전과 소주를 시키고 앞으로 할 일을 생각했다.

배낭에 있는 서류들은 어떻게 하지? 소영은 서류를 가지고 협박하여 강 회장이 무릎 꿇고 수진에게 사죄하게 할 생각이었다. 그러나 의식이 없는 수진에게는 아무런 의미가 없었다. 그렇다고 수진을 저렇게 만든 놈을 그대로 둘 수 없잖아. 형철오빠 말대로 소영이 회장을 협박하여 돈을 뜯으려는 사기범으로 몰린다 해도 이대로 물러날 수 없었다. 서류를 복사해서 해당 기관에 보내 회장을 벌 받게 해야지. 지금쯤 서류가 없어진 것을 알고 강 회장이 여러 경로를 통해서 소영을 찾을 거야. 이곳에서 자고 내일 바로 서류를 처리해야지.

그 사이 종업원이 파전을 갖다주었다. 파의 달콤한 향이 소영의 입맛을 끌어당겼다. 김이 나는 파전을 크게 떼어먹으며 첫 잔을 한입에 털어 넣었다. 술이 식도를 내려가며 뱃속이 짜르르했다. 그런데 원본은 어떻게 하지? 술을 다시 한 잔을 들이키며 곰곰이 생각했다. 진영에게 맡기면 공연히 공범이라고 의심받고 곤욕을 치르겠지. 수진이 산골 집에 숨길까? 그곳도 뒤질 거야. 술기운이 올라와 몸은 나른하지만 정신은 또렷하여 소영인 나름대로 원본을 처리할 좋은 방법을 생각해 냈다.

소영이 D시에서 자고 아침부터 서둘러 서류를 처리하니 오후가 되었다. 이제 어떻게 하지? 경찰에 잡히면 바로 구속될 텐데……. 지긋지긋한 교도소 생활이 머릿속에 떠올랐다. 여기서 아무도 모르는 곳에 가서 짱 박혀 있을까? 아니야. 그러면 강 회장이 손을 써서 서류를 빼내겠지. 자신이 잡히더라도 수진을 저렇게 만든 강 회장은 벌을 받게 해야 해.

서울로 올라오며 소영은 휴대폰을 켰다. 그리고 진영에게 전화하여 수진의 상태를 전하고 뒷일을 부탁했다. 버스에서 내린 다음, 은행으로 가서 병원비와 장례에 필요한 비용을 진영에게 송금하고 바로 집으로 갔다. 집에는 예상했던 대로 형사들이 기다리고 있었다. 소영은 순순히 그들에게 연행되어 경찰서로 가서 구속되었다.

가을에 시작된 재판이 두 번의 공판을 거치며 이제 추운 겨울이 되었다. 오늘은 소영이 재판에서 피고인 최후 진술을 하는 날이다. 앞선 공판에서 검사는 서류들을 훔쳐 그것을 미끼로 돈을 요구할 목적이었다고 징역 2년을 구형했다. 국선 변호사는 피해자에게 금품을 요구한 적이 없고 가지고 나온 서류는 이미 해당 기관에 제출하여 공익신고였다며 무죄를 선고해 달라고 변론했다.

판사가 들어오기를 기다리는 동안 소영은 눈을 감았다. 피고인 진술에서 할 말을 머릿속으로 정리하며 며칠 전에 구치소를 찾아온 박 소장과의 대화를 더듬어 보았다. 박 소장이 여러 번 면회 신청을 하였지만 만나지 않다가 수진의 사망 소식을 들은 후에 구치소에 찾아온 그를 만났다.

─김소영 씨 때문에 내가 회장한테 들볶여서 죽을 지경이야. 나 좀 살려줘야겠어.

유리창 밖으로 보이는 소장은 갑자기 폭삭 더 늙은 것 같이 보였다. 소영을 달래려고 사정하는 소장의 말투는 더 느끼하게 들렸다.

─내가 소장님을 도울 일은 없는데요.

─이미 금감원과 국세청에 보낸 자료는 어쩔 수 없다 해도 남아 있는 자료와 채권서류를 돌려줬으면 좋겠어. 그렇게 하면 회장이 고소를 취하한다고 하니 바로 풀려날 수 있을 거야.

─내가 검찰에서 진술한 내용을 아시죠. 내 친구가 어렸을 때 입양 간 집에서 성폭행을 당하고 파양되어 보육원으로 쫓겨 왔어요. 친구를 성폭행한 범인은 그 당시 대학을 다니던 강 회장이에요. 친구는 성폭행을 당한 정신적인 장애를 안고 평생을 고통스럽게 살다가 보름 전에 죽었어요. 이제 친구가 돌려주라고 할 수도 없으니 앞으로 찾아오지 마세요.

수진이 세상을 떠난 사실은 변호사가 알려주었다. 형철오빠와 진영이 상주 역할을 하여 장례를 치렀단다. 호스피스 병원에 입원한 수진을 본 다음 각오는 했지만, 수진이 죽었다는 말에 소영은 숨을 쉴 수가 없었다. 숨이 막히며 심장이 잘려 나가는 것 같은 아픔에 그 자리에서 주저앉았다. 수진이 마지막 가는 길을 옆에서

지켜주지 못한 미안함도 밀려왔다. 소영은 밥도 먹지 못하고 구치
소에서 여러 날을 앓아누웠다.

─회장은 모르는 일이라고 하던데.

─친구가 파양 서류를 가지고 있는데 모른다고 해요?

─그건 이미 지난 일이고, 소영 씨는 앞날을 생각해야지. 소영
씨는 광화문파에서 바람잡이를 했지? 이 년 전에 들치기하다가 걸
려 금년 봄까지 감옥에서 살았잖아. 판사가 그런 소영 씨의 말을
믿어줄까? 회장이 마음먹으면 소영 씨를 법정최고 형을 받게 할
수도 있어.

소장은 예전 박 형사로 돌아간 듯 소리를 높이며 소영을 협박했
다. 원본 서류를 찾으려고 진영과 형철오빠도 불러다 조사를 하고
심지어 수진이 산골 집도 뒤졌다는 것을 알고 있었다. 그러나 그
들은 원본을 손에 넣는 순간 늑대로 변할 것이다. 소영은 그런 사
탕발림이나 협박에 굴할 정도로 그렇게 나약하지는 않았다.

─성폭행당한 친구가 여자로 살면서 평생 시달렸던 정신적 고
통을 생각하면 성폭행범인 회장은 어떤 벌이라도 달게 받아야 해
요. 내가 법정최고형을 받는다 해도 회장을 용서할 수 없어요. 내
가 교도소에 가더라도 회장이 어떤 벌을 받는 지, 나는 두 눈을 뜨
고 지켜볼 거예요.

소영은 하고 싶은 말을 퍼붓고 뒤도 돌아보지 않고 면회실을 나
갔다.

시끄럽던 법정에 판사가 들어오자 조용해졌다. 소영은 자리에서 일어나 판사에게 정중히 인사를 했다. 예전에 법정에 설 때면 고개를 푹 숙이고 얼굴을 들지 못했는데, 오늘은 소매치기범으로 재판을 받는 게 아니고 수진을 성폭행한 범인을 고발하는 자리라는 생각에 고개를 떨어뜨리지 않았다.

최후 진술의 차례가 오자 소영은 또렷하게 말했다. 저와 제 친구는 어릴 때부터 보육원에서 자랐습니다. 보육원에서 자라는 아이들은 자신을 낳은 부모가 어느 날 찾아와서 자신들을 데려가는 날을 꿈꿉니다. 그러나 현실에서 그런 경우는 거의 일어나지 않습니다. 그래서 입양이 되어 보육원을 떠나게 되어도 큰 행운입니다. 제 친구는 초등학교 때 운이 좋게 저명인사의 집에 입양되었습니다.

그러나 친구는 입양이 불행의 시작이었습니다. 입양된 집의 대학생 아들에게 성폭행을 당하고 파양되어 보육원으로 돌아왔습니다. 그런 사실을 알리면 죽는다는 협박을 받고 친구는 누구에게도 말할 수 없었습니다. 성폭행을 당한 몸과 마음의 상처 때문에 결혼도 하지 못하고 암에 걸려 얼마 전 세상을 떠났습니다. 수진이 죽은 것을 생각하자 소영은 슬픔이 밀려와 다음 말을 한동안 잇지 못했다.

파양되어 보육원으로 돌아와 소영을 붙잡고 눈물을 흘리던 어린 수진의 모습이 떠올랐다. 매일 밤 소영의 손을 꼭 끌어안고 잠이 들던 수진이가 눈에 밟혔다. 수진일 그렇게 만든 강 회장을 벌하는 것이 계란으로 바위를 깨는 것과 같더라도 그를 용서할 수 없었다.

소영은 정신을 가다듬고 다음 말을 이어갔다. 제 친구의 삶을 파탄 낸 성폭행범은 아무런 처벌도 받지 않고 심지어 사회 저명인사라는 허울을 쓰고 살고 있습니다. 오래전 일이라 그를 법정에 세울 수는 없습니다. 그러나 그는 지금도 법의 뒤에 숨어서 불법을 저지르고 있습니다. 저는 친구를 대신하여 그의 죄를 벌하기로 마음먹었습니다. 물론 제가 한 일도 잘못된 일이기 때문에 저도 내리는 벌을 달게 받겠습니다.

진술 도중 검사는 이번 사건과 상관이 없는 일이라며 이의를 제기했지만 판사는 소영의 진술을 마지막까지 들어주었다. 진술을 마친 소영은 여태껏 느껴보지 못한 뿌듯함을 느꼈다. 처음으로 옳은 일을 했다는 자부심에 가슴이 따뜻해지는 것 같았다.

새해가 되어 마지막 공판이 열렸다. 재판장에 나온 소영은 진영이 보내준 두툼한 발열 내의를 입었지만 몸이 떨렸다. 재판장은 난방이 되어 춥지 않았지만 어떤 판결이 내려질까 하는 걱정에 으스스 떨렸다.

어젯밤에 소영은 잠을 제대로 이루지 못했다. 예전에 소매치기하다 잡혔을 때는 대충 형량을 가늠할 수 있었는데 이번엔 도저히

가늠할 수가 없었다. 진영이 며칠 전에 면회를 와서 재판 분위기
가 좋다는 변호사의 말을 전했다. 이번에 집행유예로 풀려 나오게
되면 수진의 유골을 임시 보관한 P읍의 산골 집으로 같이 가자고
했다.

소영은 집행유예로 풀려나면 산골에 가서 할 일을 생각하며 긴
장을 풀었다. 봄이 오면 텃밭에 동산을 만들어 산수유를 심어야
지. 그곳에 십여 그루 심을 수 있겠지. 동산의 한쪽에 수진이 유골
을 묻어야지. 이장 집에 있는 백구와 얼룩이를 데려다 같이 해야
지. 산수유 사이에는 노란 원추리와 국화를 심을까? 내가 좋아하
는 빨간 꽃도 심어야겠어. 여름에는 튤립, 가을에는 백일홍이 노
란 꽃 사이에서 피게 해야지.

공판 시간이 다가오자 재판장의 무거운 분위기에 눌려 소영의
마음은 다시 움츠러들었다. 검사의 구형으로 가늠해 보면 중벌이
내려질 것도 같고, 박 소장이 면회를 와서 법정 최고형을 받게 할
거라는 협박도 은근히 신경이 쓰였다. 그때 박 소장에 사정할 걸
하는 후회도 되었다. 그러나 박 소장이 찾는 서류는 자신의 손을
떠나 이미 재가 되었는데…….

소영은 강 회장의 사과를 받는 대신에 그의 채권서류를 수진과
함께 화장하기로 결정했다. 그래서 소영이 D시에서 서울로 올라
오기 전에 채권 서류 원본을 잘 포장하여 장례업체에 들렀다. 환
자의 애장품인데 사망하면 관에 같이 넣어달라고 맡겼다. 채권서

류가 수진과 함께 화장된 건 소영만 아는 비밀이었다.

마지막 공판에서 판사는 소영에게 징역 1년의 실형을 선고했다. 모든 죄는 법에 의거 재판을 통해서만 처벌될 수 있다는 원칙을 판사는 판결문에 담았다. 판결문을 듣는 순간 소영은 왈칵 눈물이 나와 앞이 흐려졌다. 마음 한편으로는 집행유예를 기대했는데……. 눈물을 참고 고개를 들자 법정의 높은 천정에 수진의 얼굴이 보였다. 호스피스 병원에서 본 수척한 수진의 모습이었다. 환자복을 입은 수진은 '소영아, 나 때문에 또 네가 힘들게 되었구나. 앞으로는 정말로 너만을 위해 살아라.' 하고 타이르는 것 같았다. 소영은 죗값을 치르고 나온 뒤 꼭 그러겠다고 약속하며 수진에게 고개를 끄덕였다.

소영은 숨을 크게 들이마시고 실형이 선고된 판결을 담담하게 받아들였다. 비록 실형을 살게 되었어도 소영은 그동안 미루어 두었던 숙제를 마친 것처럼 속이 후련했다. 숙제를 잘했는지 잘못했는지는 소영이 판단할 몫이 아니다. 단지 소영이 할 수 있는 모든 노력을 다해서 성심껏 풀었을 뿐이었다. 소영의 마음은 비바람이 몰아친 뒤의 잔잔한 호수 같은 평온함을 비로소 느꼈다.

형기를 채우면 늦여름이 되겠지. 출소하면 P읍으로 내려가 일자리를 잡아야지. 그곳에서 일하며 쉬는 날엔 산골로 가서 수진일 생각하며 동산을 가꿔야지. 산수유를 사다가 심고 나무 사이에 노란 국화꽃과 빨간 맨드라미를 번갈아 심을 거야. 그리고 겨울이 되면 수진일 대신해서 움터골의 할머니들에게 한글을 가르쳐야지. 지금은 실력이 모자라지만 교도소에서 틈틈이 공부하면 될 거야. 실형이 선고되었어도 앞으로 할 일을 생각하니 기운이 솟는 것 같았다.

방청석 앞자리에 실형이 선고되어 안타까운 표정을 짓는 형철 오빠와 진영의 모습이 보였다. 소영은 자리에서 천천히 일어나며 그들에게 걱정하지 말라며 밝은 미소를 보냈다. 지금 당장은 교도소로 가야 하지만 소영의 마음은 예전처럼 무겁지 않았다. 소영은 가슴을 활짝 펴고 호송하는 교도관을 앞장서서 법정을 빠져나갔다.

소영의 마음속 동산에는 이미 노란 산수유꽃이 활짝 피어 있었다.

*본문에 나오는 소매치기의 장면은 아래의 서적을 참고하였음을 밝힙니다.
『소매치기 예방법』: 대원출판사, 조동래저, 1975
『찰리와 소매치기단』: 황소자리, 코린 멜로이저, 이은정역, 2018